無口な小日向さんは、なぜか俺の胸に頭突きする2

心音ゆるり

角川スニーカー文庫

23675

CONTENTS

口絵・本文イラスト　さとうぽて　デザイン　ムシカゴグラフィクス

プロローグ　小日向《こひなた》は俺の想像を超えている

誰だって、一度は「過去に戻れたら」と考えたことがあるのではないだろうか。

親父《おやじ》も「学生時代に戻りたい」──なんてことを口にしていたことがあるし、バラエティ番組に出演していた芸人が、悔し気な表情を浮かべて「あの時こうしていたら」と話しているのを見たこともある。

願うことは人によって千差万別だろうけど、理由はただ一つ──『後悔』に集約されるだろう。

かくいう俺も、つい最近までは小学校の頃に戻って女子と対立しないような上手《うま》い対応をしたかった──あんな風に喧嘩《けんか》なんてしたくなかったと思っていた。

だけど、その過去があるからこそ俺は小日向と出会えたのだし、冴島《さえじま》とも知り合うことができた。苦い思い出だけど、無くてはならない過去だと思っている。

つまり、過去に無駄だったことなどなにも無い──そんな風に考えていた俺だけど、今は過去の自分にアドバイスを送りたい。具体的には、いまから約一ヶ月前──ゴールデンウィークに入る前の俺に。

一つ目。
小日向はお前が思っている以上に、甘えん坊だ。注意されたし。
二つ目。
草食系と思うことなかれ。彼女はウサギの皮を被《かぶ》った肉食獣である。
三つ目。
頼むから小日向に真面目に授業を受けさせてくれ。マジでヤバい。いや本当に。
そして最後に。
軽々しく『なんでもする』なんて言わないように。言質を取られるぞ。

第一章　ゴールデンウィークの過ごし方

生徒会かつ小日向《こひなた》の熱狂的ファンの集まりである『小日向たんちゅきちゅきクラブ《KCC》』メンバーとの和解を済ませた翌日、俺たちは作り上げたてるてる坊主の天候操作能力に助けられ、無事に中庭で昼食をとることに成功した。

その日の降水確率がどれぐらいかだったなんて、語るだけ野暮《やぼ》というものだろう。雲一つない青空だったという結果から、各々が予想してほしい。

そしてその日――つまり四月二十八日の木曜日だ。

放課後、明日から始まる連休の予定を立てるために、最近ともに時間を過ごすことの多い三人が俺の住むマンションへとやってきた。

一人は唐草景一《からくさけいいち》。

幼少期からの友人で、文武両道のイケメンハイスペック男子。

コミュニケーション能力も平均以上あるというのに（俺の主観だが）、生まれ持った容姿という武器を磨き上げ、今ではモデルまでやっているような美男である。滅びろ。

小学校の頃はよく女子に言い負かされて泣きべそをかいていたというのに、今では俺のトラウマ解消の為《ため》に奮闘しており、俺が助けられている立場である。

彼女を作るのは面倒らしいが、何か別の理由があるのではないかと俺は予想している。

それがなんなのかは、さっぱりわからないが。

で、次に冴島野乃《さえじまのの》。

やや明るい茶髪のミディアムヘアで、天真爛漫《てんしんらんまん》な印象を受ける小日向の友人。

彼女は昔から小日向と親しかったらしく、ただ小日向を愛《め》でるだけではなく、対等に友人をやっているという印象を受ける。まぁそれでも、庇護《ひご》の対象ではあるのだろうけど。

彼女は中庭の一件は自分が原因だと思っている節があり、景一と同じく俺の女性への苦手意識を克服するために助けてくれている。

俺のような面倒くさい人間に構ってないで、普通に学校生活を送っていれば恋人がすぐにできそうなものだけど、本人は特に気にしていない模様。

なんとなく、景一と同じような……意識的に恋人を作ることを避けているような空気を感じる女子だ。

そして最後に小日向明日香《あすか》。

身長百四十センチほどの小さくて無口なクラスメイトだ。

色素の薄いショートボブの髪の毛で、身体《からだ》は細く、色々なパーツが身体に合わせて小さい。小動物チックなコロコロとした動きで周囲を魅了し、表情がないにもかかわらずファンの多い女の子だ。

どれほどファンが多いかというと、残念ながらその全容は俺にはわからないし、可能なら知りたくない。熱狂的《KCC》な一部の生徒《変態》は、可愛《かわい》い小日向を見ると鼻血を吹き出して保健室に運ばれているぐらいである。

まぁそれはいいとして。

うるさいぐらいに喋《しゃべ》る女子がトラウマになっている俺としては、全く口を開かない小日向の存在には本当に助けられていた。

しかし喋らないからといって、大人しいわけではないのだ。

最近ではペチペチと俺を叩《たた》いたり、頭突きしたりとスキンシップが増えてきているため、女性慣れしていない俺としては心穏やかではない。物静かだと思い込んでいた昔の俺に、今の彼女を見せてあげたいものだ。

……それにしても、女子と休日に遊ぶ計画を立てるなんて、一ヶ月前の俺には全く想像できなかったなぁ。

てっきり高校在学中は景一を含む男子ばかりと過ごすとばかり思っていた。妄想するとしても、休み時間に楽しくお話する絵面ぐらいだ。

「んー……みんなちょこちょこ予定が入っているみたいだし、集まれる日は案外少なそうだな」

いつもどおりのポジション――俺の右隣に小日向、彼女の右斜め前に冴島で、俺の左斜め前が景一――でリビングのこたつに入り、俺たちはお互いに予定のない日を申告しあった。景一はそれをノートにテキパキとまとめて、簡単な表のような物を作り上げている。

俺と景一はバイトがあるし、小日向と冴島は家の用事があったりして遊べない日が何日かあるようだ。学生とはいえ、四人全員の予定が合う日というのはなかなかないものだ。

小学校からつるんでいる男友達は、だいたい誘えば遊べるもんなんだがなぁ。

「四月三十日の土曜日と、五月五日の木曜日なら全員予定なしだ」

ぽんぽんとペン先でノートを叩きながら、景一が言う。

「二日間か……まぁ、ちょうどいいぐらいじゃないか？　ただでさえ最近よく集まっているんだし、朝から夜まで毎日のように遊んだら金がもたないだろ」

俺がそう言うと、冴島が気まずそうに頬《ほお》を掻《か》きながら「そうなんだよねぇ」と呟《つぶや》いた。

「遊びたいのはやまやまなんだけど、遊園地とかお金かかっちゃいそうなのは難しいかも。親に土下座したらなんとかなるかもしれないけど――」

俺の隣にちょこんと行儀よく座っている小日向も、冴島の発言に同意するように、ふすふすと鼻を鳴らしながら首を上下に振っている。土下座はしなくていいからな？

「そこまでするなよ……俺の家でゲームするならタダだぞ。別にゲームじゃなくても、ただ集まってだらだらするだけでもいいし」

「そうそう。それにいざとなったら、バイトしている俺たちが女子の分だすからさ。なっ、智樹《ともき》」

景一がそうやって俺を巻き込みながらの提案をする。まぁ毎回ってわけじゃないし、一人分――数千円程度なら別にいいけど、女子が気にしてしまうだろう。

「そこまでしなくていいよ！　遊ぶお金は自分で出す！」

「ははっ、冴島ならそう言うと思ったよ」

身を乗り出して反応した冴島を見て、景一がケラケラと笑う。なんだ、断られるとわかっての提案だったのか。景一なら普通に奢《おご》りそうな気もするが。

というか、本当に仲良くなったなぁこの二人は。

あれか？　苦手克服会議とやらのおかげだろうか？　共通の目的を持つことで、友情か愛情が芽生えちゃった感じなのだろうか？

しかし二人がわーわーと仲睦《むつ》まじく言い合っているのを間で見ている身としては、中々に疎外感を覚えるものだ。ひとりでいる時よりも、集団でいるときのほうが孤独を感じやすいとは言うが、まさにその通りだと思う。

俺と同じ立場にいる小日向にちらっと視線を向けてみると、彼女はちょうど俺の太ももあたりを指でつつこうとしているところだった。何をしてんだか。

孤独仲間の俺を仲間に引き入れようとしているのだろうか？　小日向の場合、そんな小難しいことを考えずに、やりたいことをやっているだけのような気もするが。

「…………」

小日向はやや俯《うつむ》いて俺の足元に目を向けているので、俺の視線には気付いてない。なんとなく気まずかったんだろうなぁ、もしくは暇だったのか――などと思いつつ、彼女の細い人差し指が俺の身体に接触するのを待つ。

つつかれた後に「どうした？」と問いかける予定だ。

ややプルプルと震えている人差し指が俺に触れるか否かのところで、小日向がチラッと俺の目を見た。そして、俺が見ていることに気付き、瞼《まぶた》を普段より高く持ち上げる。吹き出しを付けるのなら、『はっ、バレたっ⁉』ってとこだろうか。

「……（ブンブン！）」

小日向は「何もしてませんよ！」と言いたげに必死に首を横に振り始めた。手は驚きのスピードで引っ込めている。いたずらがバレた子供そのものですね。

「つっこうとしてたろ?」

ブンブンブンブン!

「バレバレだぞ?」

ブンブンブンブン!

そんな風に小日向が必死に否定するものだから、俺は思わず笑ってしまった。可愛すぎだろこの女子。これで「保護欲を感じるな」とか言われても無理があるぞ。嘘《うそ》が吐《つ》けないというのも、小日向の魅力のひとつなんだろうな。

俺が笑ったことが不満だったのか、小日向はやや不機嫌そうに唇を少し突き出していた。わかりやすいものではないが、今の彼女の顔を無表情とはいえないだろう。

「ははは、怒るなって。というか先に手を出したのは小日向なんだからな?」

「………………」

下唇を突き出して、つんと顔を逸《そ》らされた。相変わらず一挙一動がコミカルで可愛らしい。

俺が苦手を克服しつつあるように、彼女の表情にも改善の兆しがあるのかもしれない。

たぶんというかほぼ確実に、生徒会での一件で彼女の感情が強く揺さぶられたことが原因なんだろう。だからといって、積極的に感情を揺さぶろうとは思わないけども。

あまりにもわかりやすい小日向を見て俺が再度笑っていると、小日向はぺちぺちと俺の太ももを叩いて抗議をし始めた。「悪かったって」と苦笑しながら小日向をなだめていると、

「ご飯三杯はいけそうですなぁ、唐草さんや」

「そうですなぁ、冴島さんや」

ニヤニヤとした二人が、謎の老人口調でそんなことを言ってくる。

もちろん否定はした。

「……違うんだよ」

否定はしたが……俺自身、景一たちを無視して二人の世界に入っていた自覚はあるので、絞り出した声は小さくなってしまうのだった。

とりあえず全員空いている日があるなら遊ぼうか――ということで、俺たち四人は四月三十日の土曜、そして五月五日の木曜日に遊ぶことになった。俺はそれ以外の休日に全てバイトを入れていたので、結局予定の無い日はゼロということに。

暇な日があれば、景一や別の高校に行った友人たちと遊ぶことも考えていたが、無いというのなら仕方がない。事前にあいつらから誘いがあったわけじゃないし、今回は小日向

たちと遊ばせてもらうことにしよう。親父《おやじ》とは夏休みにどうせ会うだろうし、こちらは気にしなくてもいいか。

——で、だ。

せっかく朝から晩まで遊べる休日が二日あるのだけど、何をするかが決まる前に外が暗くなり始めてしまったので、いったんそれぞれの家に帰ることにしたのだ。

じゃあどうやって予定を立ててるんだって話だが、現代には相手がどこにいようと気軽に連絡を取ることができる文明の利器が存在する。まぁスマホだ。

景一に招待され、俺は【苦手克服会議室】というグループチャットに参加した。

あいつが前に言っていた「苦手克服会議」とやらは、どうやらこのグループチャットで行われていたらしい。参加者は当然、景一、冴島、小日向の三人である。

俺が入ってから一分もしないうちに、グループ名が【仲良し四人】という適当につけたであろうことが見え透いたモノに変更された。

もっと他に案はなかったのかよ。『小日向たんちゅきちゅきクラブ』は見習ってほしくないけども。

残念ながらチャットの仕様上、俺が参加する以前のチャットは見られないようで、以前にどのような会話がなされていたのか、このスマホを使用して俺が知るすべはない。どうしても知りたくなった時は景一のスマホを奪えば可能だ。

『さつきエメラルドパークはどうだ？　あそこは全くとは言わないが、お金はかからないぞ。高校生が遊ぶのに適してるかって言われたら微妙だが、金銭面はほぼ気にしなくて済む』

さつきエメラルドパーク——通称エメパは、俺たちが通っていた小学校に近い場所に位置する広大な緑地公園だ。

サイクリングロードもあるし、アスレチックもあるし、動物とのふれあい広場なんかもあったりして、一日では全て回ることができないほど遊べるスポットが満載だ。

広大な広場や色々な施設を含め、敷地面積は東京ドーム十個分ぐらいあったはずだ。好き嫌いはあるかもしれないけど、子供から大人まで楽しめる場所である。

スマホをタップして、俺がグループチャットに文章を送信すると、三人が即座に反応を示してきた。

『おぉエメパか、いいじゃん！　あそこ入場料ぐらいしかお金いらなかったよな？　しかも百円か二百円ぐらいだろ？』

『うんうん！　しかもゴールデンウィーク中だから何かイベントやってそうじゃない？　あたし賛成！　安いし！　子どものころ行ったきりだから楽しみだなぁ』

『(ウサギが首を縦に振るスタンプ)』

景一も冴島も俺の提案に肯定的な返事をしてくる。

小日向も賛成のようだけど――スマホの中まで首を振っているのかこいつは。小日向っぽくて可愛《かわい》いけどさ。ウサギというのもなんとなく雰囲気が似ている。

『じゃあさ、五日の木曜にエメパに行くとして、土曜日に色々買いに行くってのはどうかな? フリスビーとかバドミントンのセットとかさ! 向こうで買ったら高そうじゃない?』

『それがいいだろうな。買い物終わって時間が余ったら智樹の家で遊ぼうぜ』

『(ウサギがOKの看板を掲げているスタンプ)』

『まぁ俺の家は誰もいないからな、場所を貸すぐらい全然構わないぞ』

と、そんな軽い感じで休日の予定が決まっていく。否定的な意見も出なかったし、おそらくこれで確定だろうな。

女子がいるからどんな風になるのかと不安だったけど、小日向も冴島もノリが良く、景一などの友人と遊ぶときと大差のない話し合いだった。

その後もしばらくだらだらと話をして、チャットも落ち着いてきたので、俺はスマホを枕元に置いてからベッドの上で仰向《あおむ》けになった。

すでに朱音《あかね》さんから貰《もら》ったバイト代という名の夕食も胃袋に収めたし、風呂にも入っている。本日の予定は就寝を残すだけだ。

明日は店長が暇を持て余して暴走しないように、そこそこお客さんが入ればいいなぁとぼんやり思っていると、スマホの震える音が聞こえてきた。

「景一か？」

グループチャットは通知をオフにしたから、個人の誰かだとは思うが……。

そんなことを考えながらスマホを手に取ると、再び振動。

画面を確認してみたところ、どうやらスマホが震えたのはチャットの知らせではなく、二件ともフレンド申請の通知のようだ。相手は冴島と小日向である。

そういえば俺はグループチャットに参加しただけで、彼女たち個人とは、別にフレンド登録したわけではなかったな。すっかり忘れていた。

俺が申請を許可すると、即座に冴島から『許可ありがと！　よろしくね！』と送られてきたので、俺は『よろしくな』という短文と適当な猫のスタンプを送り返した。

そして、小日向はというと、

『つっこうとしてたの、気のせい』

冴島と違って挨拶はなく、代わりに言い訳の文面が送られてきた。

まさか小日向とスマホ越しとはいえ会話することになるとは……なんだかすごく新鮮な気分だ。文字を書いたスマホの画面を見せられることはあったけど、チャットとなるとまた受ける印象が違ってくる。景一も最初は俺と同じようなことを思ったのだろうか。

『まさか誤魔化《ごまか》せると思ってるのか？』

そう俺が返事をすると、一分も経《た》たないうちに小日向から返信が来る。

『杉野《すぎの》、いじわる』

『別にいじめているつもりはないんだがな』

『見て見ぬふりすべき』

『あの至近距離じゃ無理があるだろ……というか、グループチャットもいまみたいに話せばいいのに』

現在小日向は俺宛にぽんぽんとチャットを送ってきているが、グループチャットではスタンプしか送っていなかった。あれか？　他の人が大勢いると発言しづらいってやつか？大勢といっても数人なんだけども。

『恥ずかしい』

――ということらしい。そして、

『杉野、パパみたいだから』

そんな文が続けて送られてきた。

やはりというかなんというか……納得したような、ちょっとがっかりしたような複雑な気持ちだ。まぁ俺も彼女に保護欲を感じているのだから、保護者と言われて当然なのかもしれないけど。

『なるほどな。ま、小日向の好きなようにやればいいさ。俺は別にどうしろとは言わないから』

そもそもただの同級生の俺には彼女の行動に口出しする権利もないのだし。

『ありがと』

『まぁ見て見ぬふりはしないんだけどな！』

続けて猫が「あっかんべー」のポーズを取っているスタンプを送ると、小日向は即座にウサギが猫をポカポカと叩《たた》いているスタンプを送ってきた。

なぜそんな都合のいいスタンプを持っているんだよ……猫さん涙目だからやめたげて。

そんな他愛《たあい》ないやり取りを数回繰り返して、小日向とのチャットはお互いの『おやすみ』という言葉で終了した。

もしかしたら追加で何かチャットが来るかも——と思って、五分ほどネットサーフィンをしていたけど、通知は無し。きっと寝たのだろう。

「寝るか」

誰に言うでもなく呟《つぶや》き、リモコンを使って部屋の電気を消灯。目を閉じて、自らの呼吸に意識を傾け始めたころ、再びスマホのバイブが鳴り始めた。

「んん……？　しかも電話かこれ？」

暗闇の中で明滅するスマホを手に取り、画面を確認しながらベッドから足を下ろしてフレームに腰かける。眩《まぶ》しい画面に表示されているのは、小日向静香《しずか》——小日向のお姉さんだった。ベッドフレームからギシリと不穏な音がなったけど、いまはそんなことに構っている場合ではない。

こんな夜遅くにいったい何の用事だろうか？

「……もしもし？　静香さん？」

『やっほーっ！　智樹くん、もしかして寝てた？　セーフ？』

「いままさに寝ようとしていたところです。セーフと言えばセーフですかね」

リモコンで部屋の明かりを点《つ》けて、網膜を刺激する光量を調整するために数度瞬《まばた》きをする。受話口からは『そっかそっか。遅くにごめんね～』というあまり反省しているようには思えない声が聞こえてきた。

俺に妹がいたとして、その同級生の男の子にいったいどんな用事で電話を掛けるだろう。

異性だから、女の子に掛けると想定したほうがいいのかもしれない。年下とはいえ、緊張してしまいそうだ。

「大丈夫ですよ――それで、どうしたんですか？　寝る前にお話がしたかったというわけではないんでしょう？」

冗談を交えながらそう言うと、静香さんは『そんなことしたら彼氏に怒られるぅ』とケラケラ笑っていた。

『五月の半ばに、中間試験あるでしょ？』

俺が男だの女だのと考えていたのをあざ笑うかのように、静香さんの口からはとても現実的で具体的な話題が飛び出してきた。

そりゃもちろん中間試験があることは理解している。

ちょうど今日、試験範囲をまとめたプリントが配られたばかりだし。学生にとって試験期間というものは、無視できないものだからな。

勉強をする必要があるなどという問題とは別に、部活動は自粛になるし、授業の内容が変わるのだし。

「そうですね。日程はたしか五月十六日から二十日だったと思います」

『ほうほう――ところで智樹くんって勉強できるほう？』

「桜清《おうせい》高校内でいうなら、できるほうだと思いますよ」

一学年二百人以上いるこの高校で、学年の成績順位は常に五十番以内に入っている。

客観的事実として、俺が静香さんに言ったことは間違いではないだろう。変に謙遜しては、静香さんとの会話に支障が出る可能性がある。

俺の言葉に対し、静香さんは『おぉ！』と感嘆の声を漏らし、その勢いのまま言葉を続けた。

『じゃあさ智樹くん、せっかく明日香とも仲良くなってきたことだし、勉強会とかする気ない？　もちろん、君の勉強の邪魔にならない程度でいいし、めちゃくちゃいい成績を目指して――ってわけでもないからさ』

「それは別に構わないですけど……明日香さん、やっぱり勉強苦手なんですか？」

『うん！　苦手で嫌いだね！　記憶力は悪くないけど、集中力が致命的に無いって感じかな。最近智樹くんたちと遊ぶことが多くなってきたから、このままだとそれを理由に手をつけなそうだし、いちおう智樹くんに言っておこうと思ってね～』

ふむ……授業中の様子とかからなんとなくそうなんじゃないかと薄々思っていたけど、どうやら小日向は勉強が嫌いらしい。まぁ勉強が大好きなんて人はこの高校では少数だろうから、小日向のことも特に意識はしていなかったけど。

クラスメイトの姉からかかってきた深夜の通話は、『ほどほどの点数でいいから、よろしくね～』という言葉で終了した。ほどほどってことは平均点ぐらいとれたらオッケーということだろう。

「まぁ勉強会ということなら……冴島がいたとしても喋《しゃべ》り倒されるわけじゃないし、平気か。それにあいつは俺よりも景一に話しかけそうだし」

ゴールデンウィークが明けたら、勉強会の話を三人に持ちかけてみることにしようか。

俺はせっかくの連休で勉強の話を出すほど、空気の読めない人間ではないのだ。

第二章　四人でお出かけ

金曜の祝日を経て、土曜日。

本日はさつきエメラルドパークを十全に楽しむために、四人で遊び道具などを購入しに行く予定である。昨日バイトが終わってから景一《けいいち》と個人チャットで話して、これらのお金は男たちで出そうということになった。

というのも、どうやら冴島《さえじま》と小日向《こひなた》が四人分の食事を準備して作ってきてくれるらしいのだ。緑地公園の広大な芝生は、学校の中庭と比べると開放感が段違いだし、天気予報を見ても絶好の行楽日和――そんななか女子の準備したご飯が食べられるというのだ。俺としてはめちゃくちゃ楽しみである。夜道に気を付けねばなるまい。

景一と相談して、さすがに用意してもらった食事にお金を払うわけにもいかないから、別のところでサポートしようということになり、今日の支払いを受け持つことになったのだ。小遣い制の学生よりは、俺たちのほうがお金を持っているだろうし。

それに女の子の作るお弁当というだけで、味の良《よ》し悪《あ》しにかかわらずコンビニ弁当とは比べものにならないほどの価値になるに違いない。これぐらいの出費はさせてもらわないと落ち着かない。

朝の十時に待ち合わせ場所のショッピングセンターで合流し、俺たちは市営バスに乗った。

満席とまでは言わないが土曜日とだけあって座席はほとんど埋まっているため、俺たちは車内中央のつり革につかまって目的地であるショッピングモールまで向かうことに。

特に話し合うこともなく、俺たちは前方から順番に、景一、冴島、小日向、俺という風に立って並んだ。

「つり革はぎりぎりだから疲れるかもしれないけどさ……お前のすぐ横には摑《つか》まりやすそうなポールがあるぞ」

「………………」

スンと澄ました顔で外の風景を眺める小日向。彼女は現在、俺の空いた右腕を両手で摑んでバランスを保とうとしている。

こらそこ！　ムニムニするな！　くすぐったいだろうが！

「ムニムニは禁止――腕よりポールのほうがしっかりしてるし摑まりやすいだろうに」

そう声を掛けると、彼女は無表情のままこちらをジッと見上げてから、俺の右腕を抱くようにして自身の身体《からだ》を固定し、スマホを操作し始める。

洋服越しに伝わってくる小日向の身体の柔らかさ。そして頭から微《かす》かに香る柑橘系《かんきつけい》の匂い。きっと男子ならば喜んだり興奮したりするのだろうけど、かれこれ十六年交際経験のない俺には、素直に喜べなかった。俺にはまだハードすぎる。

小日向は娘、小日向は妹、小日向は近所の子供――っ！

父親として俺のことを見ているであろう小日向が困らないよう、俺は脳内で彼女のことを異性として意識しないように努めた。残念ながら効果は微塵《みじん》も感じられない。三年間ぐらい続ければ成果もでるのだろうか？

『杉野《すぎの》、その服お気に入り？』

「ん？　あ、あぁ……俺あんまり服を持ってないからさ。まぁ着心地は悪くないよ」

本日俺が着ているのは、以前彼女たちとボウリングに行った時と同じ服装――白のパーカーである。

去年着ていた服は少し小さく感じるし、新しい服を買ったほうが良いと思うのだけど、あまりショッピングってしないんだよなぁ。優先順位として、生活費やゲームが先にきてしまうから。

ちなみに今日の小日向は、ダークブラウンのトレーナーにベージュのオーバーオール。ちょこちょこ動く小日向にピッタリな印象を受けた。

もしかしたらまたモンブランを意識したカラーなのかなぁと思いながら、彼女の服装をチラッと視界に入れる。そんな俺とは対照的に、小日向は俺の足先から頭のてっぺんまでまじまじと観察し、スマホに文字を打つ。

『似合ってる』

「ははは、ありがとな小日向。そっちも可愛《かわい》いよ」

少し照れくさかったけど、俺に感想を言い終えた小日向が、「私はどう!?」と言いたげに胸を張って服を見せつけるような仕草をするものだから堪《こら》えきれなかった。というか俺の腕はいつまで抱きかかえられてるんですかね？

「……手はずっとそのままなのか？」

『なのだ』

小日向は三文字が入力されたスマホを俺に見せると、ポケットにスマホを収納してから俺の腕に頭を擂《す》り寄せてくる。猫かお前は。

「智樹《ともき》、公共の場なんだからイチャイチャするのはほどほどにな」

「なんで俺にそれを言うの!?　小日向に言うべきじゃね!?」

小声で叫ぶという妙技を披露するが、景一は肩をすくめるだけだった。

「乗客の人たち、すごく優しそうな顔してるから、迷惑にはなってないみたいだけどね」

「それはそれで恥ずかしさが増すわ……」

乗客全員、ＫＣの素質があるのかもしれない。

学校内だけでなく外にまで拡大してしまったら……そこら中、血の海になりそうだな。

結局、小日向はバスが目的地に到着するまでの間、俺の右腕を抱きかかえたままだった。

何度も指摘するのは、まるで俺が小日向を嫌がっているように見えるだろうし、恥ずかしささえ我慢すれば悪い気分ではないからな。ここは役得として喜んでおくことにした。

バスはショッピングモールの目の前に停車し、俺たちはそのまま人の流れに逆らうことなく店内へ。

このバス停には俺たちが乗った街中を巡回するタイプのバスの他に、直通のシャトルバスもやってきており、そのシャトルバスからは、年配の人たちが続々と降りてきていた。

この辺りでは一番大きい施設だけあって、やはり利用者は多い。

その人の数から察せられるように、この商業施設は三階建てでお店の数はやたらと多いのだけど、大半は服飾のお店なので俺としてはあまり興味が無い。

映画館なんかもあるけれど、俺はどちらかというと家で見るほうが落ち着くからなぁ。

もしも俺に恋人なんかができたら、こういったところに来るのもやぶさかではないが。

映画館で食べるポップコーン、妙に美味《うま》く感じるし。

「うへぇ……さすがゴールデンウィーク」

自動扉を抜けてから、邪魔にならないよう少し端によって停止。ちょうどその場所に施設の案内板があったため、小日向と冴島はそちらで行き先を確認しているようだ。

住宅街から少し賑《にぎ》わっている場所にきただけなのに、急におしゃれな人が多くなって思わず身を縮めてしまう。このショッピングモールに来るたびに、なんだか肩身の狭い思いをしてる気分だ。もっとみんなスウェットやジャージでうろちょろしてほしい。

「智樹は人混みが苦手だから余計に気になるんだろ。もうちょっと外で遊べば慣れるぜ」

「こういうところって、だいたい服が目的だろ？　俺はお前と違ってファッションに興味ないんだよ。そもそもあまり出かけないから私服を着る機会もそんなにないし、遊ぶ相手はお前らばっかりだし」

「俺も別にそこまで――いや、智樹から見たらそうなるか」

「別に誰も俺の服装なんか気にしてないからいいんだよ」

そんなことを自ら口走ってはいるけれど、そもそも今着ている白のパーカーも、女子たちの目線を気にしてこのショッピングモールで買ったんだよなぁ。景一たちと遊ぶならまだしも、小日向たちと今後も遊ぶことを考えると、なにか別の服を買ったほうがいいのかもしれない。毎回同じ服を着るわけにもいかないからな。

近い将来確実に訪れるであろう出費を頭の中で計算していると、冴島が「オモチャ屋さんよりワンコイン均一を先に見てみようよ」と提案してきた。

今日の支払いは俺たちが受け持つことになっているから、おそらくできるだけ安く済ませようとしてくれているのだろう。こういうところがわざとらしくなくて自然なのが、冴島という人間なんだろうな。

「オッケー。最近のワン均は商品が充実してるから、そこで全部そろえられるだろ」

「だな。もし足りないものがあったら別の店に行こうか」

景一の言葉に俺も同意し、冴島の隣にいる小日向もコクコクと頷《うなず》いている。俺たちの目的地は、三階にあるワンコイン均一に決まった。

というわけで、移動開始。

道案内は任せろ――と言わんばかりに冴島が先導し、その横には景一が苦笑しながら付いていっている。人が多いため横並びで店内を歩くわけにもいかず、必然的に俺と小日向はその後ろに続くような形になった。

館内のスピーカーからは、「〇〇時からタイムセールでーす！」などと陽気な声が聞こえてくる。ただでさえ人が多い休日の商業施設なのに、砂糖に群がる蟻《あり》のようにはなりたくない。人酔いしてぶっ倒れてしまいそうだ。

「立ち止まったらはぐれるぞ」

足を止めて雑貨屋に展示してある猫のぬいぐるみを見ていた小日向に声を掛ける。彼女は自分が集団から離れつつあることに気付き、テテテテと小走りで俺の元に駆け寄ってきた。なんだか犬っぽい。

小日向が見ていた猫は、どうやら俺が彼女にあげたキーホルダーの大きいバージョンみたいだ。人の顔ぐらいのサイズがある。後ろ髪を引かれる様子もないし、おそらく知っているキャラクターがいたから気になってしまっただけなのだろう。いつかプレゼントする機会があるかもしれないから、脳の空きメモリに記憶しておくことにしよう。

「はぐれたらチャットせずに館内放送するからな。『迷子の小日向明日香《あすか》さんは～』って」

そう茶化《ちゃか》して言うと、小日向はペチペチと俺の腰を叩《たた》いてくる。可愛い。

「冗談だって。しないしない」

そもそもそんなことしたら施設の人に迷惑だしな。それに、本当に迷子になった子が困るだろう。

そんな他愛《たあい》のないやり取りをしながら、俺たち四人は人が溢《あふ》れかえっているなかを進み、時々寄り道をしながらも三階にあるワンコイン均一を目指した。

相変わらず先頭を行くのはムードメーカー的役割を果たしている冴島。その隣では景一が「たしかこっちのエスカレーターから行けたはず」と言いながら彼女を誘導している。ごくろうさまです。

俺は景一たちの後に続くような形で進み、隣を歩く小さな同級生がはぐれないように見守っているというわけだ。

子どもみたいに手でも握ってくれたら安心できるのだけど、俺は小日向と付き合っているわけでもないからそんなことさせられないし、なにより俺が緊張して手汗でびっしょりになってしまいそうだから遠慮したい。バスの中のように腕を掴まれたほうがまだマシだ。

「何か気になるものでもあったか？」

再び足を止めた小日向にそう声を掛けると、彼女は男性物の洋服を取り扱っている店を指さした。

――っておいおいマジか……俺がこの前服を買った店なんだが。

というかあの、マネキン。まだ俺と同じ白のパーカーを着てるんだがっ！

幸いパンツのほうは違うものに変えられていたけれど、あのマネキンを小日向が見つける前に移動したい。なんだかめちゃくちゃ恥ずかしい。

小日向に先へ進むよう促そうとすると、彼女はいつの間にかこちらにスマホを向けていた。

『杉野の服』

　バレテタ。

「……気のせいじゃないかなぁ」

『いっしょ』

　誤魔化《ごまか》せるのならば誤魔化したいが、答えを着用中のためそれも無理。

「……はい。おっしゃる通りあれは俺が着ているのと同じ服です——というか恥ずかしいからあまり見ないでくれ。ほら、進まないと景一たちに置いていかれるぞ」

　俺は小日向の横に立ち、背中に手を置いてから彼女をぐいぐいと押す。なんだか想像以上に力がいるんだが⁉

「おい小日向、お前体重を俺に預けてないか？」

「…………（ブンブン）」

「楽して進もうと思ってるだろ」

「…………（ブンブン）」

　どうしても認めたくないらしい。俺が手を離せば後ろに倒れそうなぐらい身体《からだ》が傾いているけど、気にしてはいけないようだ。

「俺が手を離したらどうすんだよ……」

そんな俺の呟《つぶや》きに対して、小日向は楽し気に頭を左右に揺らす。

小日向の背を押すのは景一たちに追いついたところで止《や》めて、再び彼女と非接触の状態で歩きだしたのだけれど、小日向はまた立ち止まってしまった。今度は俺も別のところを見ていたため、隣に小日向がいないことに少し遅れてから気が付いた。

「んっ⁉ あぁ、よかった、いたいた」

景一と冴島に、「小日向が遅れてるから待っててくれ」と声を掛けて、俺は人を避けながら十メートルほど離れた位置で立ち止まっている小日向に駆け寄る。

彼女が見ていたのは小さな液晶に映されていたフライパンのCM。手のひらサイズほどの画面の中で、エプロンを着けた女の人がフライパンの焦げ付きにくさを必死にアピールしていた。

特に欲しいというわけではなく、なんとなく見てしまったという感じなのだろうなぁ。

「小日向、見たいなら見たいと一声――じゃなくて、なにか合図してくれ」

そう声を掛けると、彼女は目をぱちくりとさせたあと、申し訳なさそうに俯《うつむ》いてしまった。怒ってるつもりじゃないから、そこまで落ち込まないでほしいのだけども。

落ち込む小日向にどう声を掛けようかと悩んでいると、景一たちも俺たちの傍《そば》にやってきた。

「智樹と手を繋《つな》いだらいいんじゃない？」

「ふふっ、それいいかも」

前の二人は俺たちをニヤニヤとした表情で見て、そんなことを言ってくる。お前らこそ手を繋げよ。傍《はた》から見たらもはやカップルだぞ、この美男美女め。

「あー……小日向、こいつらの言うことは無視していいからな？　からかっているだけだから」

特に景一。こいつは俺が女子と全くと言っていいぐらい関わってこなかったことをその目で見てきているから、きっとこの状況を楽しんでいるに違いない。

家に帰ったらゲームでボコボコにしてやろうと決意を固めていると、顔をやや下に向けていた小日向が、スッと手を伸ばして俺の服の裾を指でつまんできた。

なるほど、手をつなぐのは恥ずかしいが、服なら大丈夫ということか。たしかにこれならば俺も手汗の心配をせずに済むし、小日向が迷子になる心配もない。

「ん？」

と、思ったら素早く手を引っ込めて、今度は両手で俺の服の裾を伸ばし始めた。動きから察するに、しわになることを心配してくれたらしい。たしかに新しい服だが、別にそれぐらい気にしないんだけどな。照れはするけど。

「「…………」」

三人で小日向の動向を見守っていると、小日向はわずかに耳を赤くしたあと、ふすーと鼻から息を吐き、俺の右手の小指を左手で握った。ぷにぷにと柔らかい小日向の手の感触が、温かな体温とともに俺の小指を通じて伝わってくる。

……まさか小日向のほうから手を繋いでくるとは――いや、小指なんだけどさ！　それでもクラスメイトの異性であることを考えると、平常心とか無理だろ！

動揺する俺に対し小日向はなんとも思ってない――というわけでもないか。わずかに耳が赤くなっているし。

おそらく彼女の中で恥ずかしさよりも、無意識に立ち止まってしまう申し訳なさが勝ってしまったということなんだろう。

ここで俺は小日向に「冴島と手を繋げばいいんじゃないか？」なんてアドバイスを言うつもりはない。俺だって小日向と同じく照れる気持ちはあるけれど、こんなに可愛《かわい》い子が自ら俺の手（小指だけど）を握ってくれたのだ。

この幸福、逃すなんて勿体《もったい》ない――ＭＯＴＴＡＩＮＡＩっ！

幸い小日向との接触面は小指だけだし、手汗を気にする必要もないな。役得役得。

冴島と景一に「はぐれないための応急処置だから」と弁明すると、二人はそれぞれ「あー、うん、そうだな、応急処置だ」「まさか本当に……うん、応急処置だよね！」などと言い、照れくさそうに頬《ほお》を掻《か》いたりしていた。

お前らが言ったんだろうが！　なんだその熱々のカップルを見てしまったみたいな反応は！　からかうなら最後までからかい倒してくれたほうがまだマシだわ！

小指に伝わる体温はしっかりと堪能しつつ、冴島と景一にジト目を向けていると、小日向が空いた手で俺の腕をペチペチと叩く。どうやら恥ずかしさに耐えかねて、早く行こうと催促しているらしい。

「――っ、お、おう。とりあえず行くか」

「…………（コクコク）」

俺が反応すると、小日向はほんのりピンク色に染まった顔を上下に振る。

いま彼女がショーウィンドウの中の物を指さして「あれ欲しい」なんて言ったら、何のためらいもなく購入してしまいそうだ。お願いだから、言わないでくれよ。

「ちょ、ちょっとそこのあなた！　鼻血が出てるわよっ!?」

小日向に小指を握られた状態で、景一たちの後ろを歩いていると、右側にある化粧品売り場からそんな切迫した雰囲気の声が聞こえてきた。

ちらりとそちらに目を向けてみると、なんだか見たことのあるようなないような——同年代ぐらいの女子三人と優しそうな雰囲気のおばあさんがいた。付け加えるのであれば、斑鳩《いかるが》生徒会長のような髪の女子が、顔の周辺に血だまりを作って床に倒れ伏している。

「お騒がせしてすみません。血を残さないための清掃道具は持ち歩いておりますので、こちらで処理いたします」

「何を持ち歩いているのっ⁉　いや、それよりもあなたたちだって鼻血が出ているし——床に倒れている彼女は大丈夫なの？　——あ、店員さん！　彼女、すごい勢いで鼻血を吹き出していて」

おばあさんは『ダメだこいつら』と思ったのか、近づいてきた女性店員——おそらく二十代後半だろう——に、焦った様子で状況を説明していた。——が、店員さんはおばあさんとは対照的にとても落ち着いている。

「お騒がせして申し訳ありませんお客様。こちらは我らの会長ですので、あと数秒で起き上がると思われます」

「会長ってなに⁉　というか店員さんも鼻に詰めたティッシュが赤いのだけど⁉　というかなんでみんな鼻血が出ているの⁉　あ、本当にこの人起きたわ……」

むくりとからくり人形のように人間味のない動きで身体を起こした生徒会長らしき人物は、慣れた様子で店員からティッシュを受け取ると、おばあさんに向き直る。

「失礼マダム――このショッピングモールは現在『尊死警報』が発令されております。耐性が無ければ、無事では済まない。こちらをお持ちください」

「あなたいまどこからほうれん草を出したの……？　それに『尊死警報』ってなに……？」

「わかりました……被害者を増やすのは心苦しいですが、ご説明しましょう。たったいまエスカレーターを上り始めたあちらの――うぼぅあっ!?」

「「「「会長ーっ!?」」」」

うん……俺は何も見てない、聞いてない。

おばあさんの「あらやだ、私にもティッシュを一枚いただけるかしら……？」という声も聞こえないったら聞こえないんだ！

☆　☆　☆　☆

ショッピングモールで買い物を楽しんでから、そのまま俺の住むマンションへと移動した。時刻はまだ夕方の四時。解散するには少し早いかなぁという時間帯である。

ワンコイン均一では当初予定していたフリスビー、バドミントンセットのほか、プラスチック製のバットとボール――それとサッカーボールサイズの柔らかなボールを購入した。エメパには道具無しに遊べるアスレチックもあるし、これで遊びに困ることはあるまい。

立ち止まってはぐれないようにと、俺の小指を握って隣を歩いていた小日向だが、彼女は商業施設を出た後もその手を放さなかった。

たぶん、何も考えていなかったのだと思う。

俺や景一たちも特にそれを指摘することなく、小日向が自分で気づくのを待つことにした。

時折俺の指の感触を味わうようにニギニギとしていたが、理由は不明。「どうした？」と聞いても首を横に振るだけだったし。可愛いからなんでもいいけど。

「もしかしたら学校の誰かに見られたかもな」

完全に俺も当事者なのだが、俺はからかうような口調でこたつに足を入れている小日向に声を掛ける。すると予想通り、小日向は「なんで教えてくれなかったの」と不満そうに俺の膝をペチペチと叩《たた》いた。可愛い。

結局、小日向が俺の小指を握りっぱなしであることに気付いたのは、バスの代金を支払う時だったのだ。何が楽しいのか、それまではずっと俺の小指をニギニギしていた。

「まぁ学校のやつらからしたら今更感があるかもなぁ。智樹と小日向が仲良しなことは、そこそこ広まっているだろうし。それに他人ってのは自分が気にしている何倍もこっちに無関心なもんだ。あまり気にすることないぞ」

景一が人生迷路のアバターを設定しながら、そんなことを言ってくる。真理だな。

俺もやや照れる気持ちはあるけれど、悪評が広まっているときに比べると気持ちはめちゃくちゃ楽だからなぁ。

もし俺と小日向を遠ざけようとする悪意のある人がいたとしても、あの生徒会《変態集団》が動いてくれそうだし。いざとなったら『貸しひとつ』を有効活用せねば。

「そうだねぇ――あっ、明日香。もしかしてあたしたちお邪魔だったりする？　もし二人きりになりたいんだったら唐草《からくさ》くんと何処《どこ》かにでかけてくるけど」

口に手を当てて、にんまりとした表情で冴島が言う。

もちろんそんなつもりはないのだろうけど、小日向には大ダメージの様子。顔を真っ赤にしてプルプルと震えていた。

俺は冴島の表情から冗談だと判断したので、小日向を観察することに。

「…………」

「うっ、そ、そんなに睨《にら》まないでよ」

俺からは小日向の表情が見えないけれど、どうやら冴島にきつい視線を送っているらしい。いったいどんな無表情なんだろうか。

「…………」

「じ、冗談だから、ね？　明日香がいつにも増して可愛いから、からかいたくなっちゃって」

「…………」

「すみませんでした……」

最終的に、冴島が小日向に頭を下げて謝罪していた。

これが無言の圧力というやつか……小日向強い。思わず景一と顔を見合わせて苦笑してしまった。

「ほら、小日向の設定の番だぞ。冴島も景一も帰らないから安心しろ」

俺がそう言うと、小日向はどこか複雑そうな目で俺を見てから、テレビの画面に目を向けて、ポチポチとコントローラーを操作し始めた。

小日向はからかわれていることに対して不満な様子だったが、実際にそうなったら困るのはどちらかというと俺のほうだろうな。

理由はただひとつ、小日向が可愛すぎるから。

彼女と二人きりで遊ぶようになったとしたら……いよいよ俺が彼女に抱いている保護欲

が恋愛の情に変換されてしまいそうで怖いのだ。

もし仮に俺が本気で彼女を好きになったとして、その気持ちに小日向が気付いたら彼女は迷惑に思うのではないかと考えている。つまり、ずっと友達だと思っていた異性が急に告白してきたら困るって状況だな。二人の関係を壊すのには十分なきっかけだろう。

しかも小日向にとって俺は一種の治療薬のような役目を果たしている存在のようだし、俺自身も小日向のおかげで女性への苦手意識はほとんどなくなりつつある。一緒にはいたいけど、近づきすぎは禁物ということだ。

「なんか智樹、変なこと考えてない？　眉間にしわ寄ってるぞ」

テレビの液晶に目を向けてそんなことを考えていると、こそこそと景一が話しかけてくる。察しの良いやつめ。

「……なんでもねぇよ」

「なんでもないって顔はしてないけど」

「気のせいだ」

「ふーん……まぁいつでも相談は受け付けているからな～」

「はいはい。どうもありがとさん」

こいつはこいつで、過保護なんだよなぁ。

☆　☆　☆　☆

夜七時過ぎに解散してから、俺は夕食と風呂を終えてベッドに横になっていた。ちなみに景一は冴島を、俺は小日向をそれぞれの自宅まできちんと送り届けている。

『手、無意識だった』

そろそろ寝ようかと思い、部屋の明かりを消そうとしたところで小日向からそんなチャットが届いた。帰り道で言うのは恥ずかしかったのだろうか。

『気にするなよ。俺は別に嫌ってわけじゃなかったから』

『ほんと？』

『嫌だったら店を出た時に言ってるよ』

『たしかに』

そのチャットの後に、コクコクと頷《うなず》くウサギのスタンプが送られてくる。何度見ても小日向っぽいなこのウサギ。

俺がどう返信しようかとぼんやり考えていると、小日向からチャットが再びとんできた。

『杉野の手、落ち着くから好き』

………思考停止しかけてしまった。

小日向のやつ——相手が勘違いしてしまうかもしれないとか、一切考えてないんだろうなぁ。恋愛経験値が足りない俺は『脈ありじゃね？』と思ってしまうのだけど。

小日向にしてみれば、ただ思ったことを言っただけなのだろう。そして彼女がそう思った理由はきっと、以前彼女が言った『パパみたい』ということに関係しているのだと思う。

大変光栄で嬉《うれ》しいことなのだが、俺はその文面を見て思わず顔を引きつらせてしまった。

小日向と恋愛感情抜きで友達関係を継続するのは、思った以上にハードなミッションかもしれない。景一や冴島が一緒に居てくれなければ、すでに堕《お》ちて告白してしまっていた可能性も十分にある。

もしこれで、俺と小日向が二人で過ごす機会が増えてしまったとしたら……俺はきちんと自分の感情を制御できる自信がないのだが。

バイト、学校、バイト、バイトという四日間を終えて、待ちに待った——というのも少し気恥ずかしいが、とにかくさつきエメラルドパークへ行く日がやってきた。

「電車ですぐの距離なんだけどな、やっぱりこっちが『地元』って感じだ」

駅から出たところで、俺はそう呟《つぶや》いてあたりをぐるりと見渡す。

今でもたまにこちらに来るけれど、その度に「帰ってきた」という感じがする。住んでいた時間はこっちのほうが長いし、当たり前と言えば当たり前か。

ここからエメパまではバスで移動することになるので、俺たちはバスが来るのを日陰で話しながら待つことにした。休日だけあって、停留所には俺たち以外にも結構人がいる。もはや座ることは無理そうなので、列から外れることにしたのだ。

「休みだし、誰かに会うかもな」

「そうだなぁ。それもあるか」

別に一人の時に見つかってもどうも思わないし、きっと相手も何も思わないのだろうけど、今日は景一の他に美少女二人が一緒にいる。俺が女性を苦手としているのは、不本意ながら少し有名になってしまっているので、もし男友達に見つかったらからかわれること必須だ。

「あまり見つかりたくない感じ？」

俺と景一が話をしていると、キョトンとした表情で首を傾《かし》げながら冴島が問いかけてくる。その隣では小日向もジッと俺の顔を見上げていた。

本日の小日向は、黒のショートパンツに白のトレーナー。冴島は薄いグリーンのパンツに淡いオレンジの上着を羽織っている。

二人とも走り回っても問題なさそうな服装で来ていて、遊ぶ気満々といった感じだ。日焼け止めも塗ってきているらしい。

「うーん……どうだろ。俺の悪口を言うような中途半端な知り合いは、たぶん俺のことなんか忘れているだろうし、興味もないだろうからなぁ」

同じ学校にいるならば噂《うわさ》の種になるかもしれないが、一年も会っていない別の高校の奴《やつ》の話なんかで盛り上がることもできまい。納得顔で俺の話を聞いている二人に、俺は「だけど」と続ける。

「仲の良い友人に見つかったら、人によっては突撃してくるぞ。俺が女子と行動しているとか、異常事態だからな」

自分で言うのも悲しいが、事実なんだよなぁ。

特に薫《かおる》とか薫とか薫とか薫あたりに見つかったら、俺が誰と遊んでいるかにかかわらず突っ込んできそうだ。薫と一緒に行動しているであろう優《ゆう》もそれを止めるようなやつではないし。むしろ笑いながら「いっておいで」とか言いそう。

景一も俺が頭に思い浮かべている二人が浮かんだのか、「薫と優か」と呟く。

「二人とも小日向と冴島を見てみたいって言っていたから、間違いなく絡んでくるぜ」

「あれ？　もう小日向たちのこと話したのか？」

「そりゃな。あの二人も智樹の苦手克服に協力していたんだから、進捗は知りたいだろうし。エメパに四人で行くって言ったらめちゃくちゃびっくりしてたぞ」

俺は「会った時にでも話せばいいか」と思っていたが、どうやら俺の知らぬところですでに景一が報告していたらしい。別に内緒にしていたつもりはないんだが……いちおう後で弁明のチャットを送っておくか。

薫と優は景一と同じく小学校からの友人で、今でも俺のマンションに遊びにくるような親しい関係の友達だ。うちにコントローラーが四つあるのも、この二人が遊びに来ているからだし、ゲームの大半は優が持ってきてくれたもので、アニメや映画はほとんど薫が持ってきた物だ。

最後に二人と会ったのは二年に進級する前だから、小日向のことはまだ話してなかったんだよな。

景一の言っていた通り、彼らは俺の苦手克服に対し協力的だったし、中学の頃は複数の女子に囲まれそうになった俺を庇《かば》ってくれていたりもした。

小学校の頃は俺が矢面に立つという逆の立場だったから、その恩返しとでも考えているのではないかと勝手に予想している。単純に、気の合う友人が困っていたから助けただけの可能性もあるけれど。

「まぁさすがに、エメパに行ってしまえば会うこともないだろ。あいつらに彼女がいたなんて聞いたことないし、男二人で緑地公園に行くってのも考えづらいからな」

俺があっけらかんとした口調で言うと、冴島は「そうだね！」と——そして小日向はコクコクと頷いてそれぞれ肯定の反応を示す。

しかし景一だけは、

「あー、うん。たぶんな。あいつらが休日に何するか悩んでなければ……大丈夫なはず」

尻すぼみになりながら、自信なさげにそんなことを言うのだった。

☆　☆　☆　☆

バスに乗って移動して、俺たちはエメラルドパークへとやってきた。

入場料の百五十円を支払い、複数の家族連れに交じって入場ゲートを通る。

わかってはいたけれど、高校生ぐらいの集団って俺たちだけだなぁ。幼稚園とか小学生を連れた家族がほとんどだ。

敷地面積が広いために、そこまで人口密度は高くないが、それでも人はかなり多い。俺たちと同じように遊び道具やレジャーシート——中には大きなパラソルを持ってきている人までいる。

「別に暑いとか痛いとかないから、普通に握っていいぞ」

俺の右手の小指をつまんでいる小日向にそう言うと、彼女は少し躊躇《ためら》いながらも以前と同じように俺の小指をギュッと握る。景一も冴島も、それを当然のように見守っているだけで特に何も言ってこなかった。

人が多いからな。迷子にならないための処置なのだ。

「とりあえず日陰の良い場所探して、レジャーシート広げて荷物置いちゃおう！　ずっと荷物持ってもらって悪いし」

俺は遊び道具一式を、そして景一は冴島たちが用意してきた弁当やらを運んでいる。ちなみに小日向はレジャーシートを、冴島は水筒を持っているから別に俺たちだけに負担があるわけではないんだけどな。

俺は小日向が小指をニギニギしているのを感じながら、全員に向かって話しかける。

「そうだな。とりあえず冴島たちが作ってきてくれた弁当を食べながら、何からするか決めるか。今日一日で全部遊びきるってのは不可能だし、ある程度取捨選択しないと」

「あまり遅くなったらボールとかも見えなくなるし、遊ぶ順番も考えないとだな」

「たしかに！　それもそうだ！」

「…………（コクコク）」

そんな風に話をしながら、俺たち四人は周囲を見渡しつつ芝生の上を歩き、良い場所がないかと目を光らせていた。

うーん、やっぱり木陰は人気なのかすでに場所が埋まっているなぁ。日陰の場所を確保するのは難しいかもしれん——そんなことを考えながら歩いていると、

「いぇえええええええええっ——うっ、ゲホッゲホッ——いぇえええええええいっ！」

そんな風に、むせながらも元気よく叫ぶ声が聞こえてきた。

子供たちもたくさん騒いでいるから別にうるさいというわけではないのだけど、声変わり前の高い声に混じって、やたらと野太い声が聞こえてくるものだから、ついそちらに目を引き寄せられてしまった。聞き覚えのある声な気もするけど、気のせいに違いない。

「…………」

視線の先では、身長は目測百八十センチほど——そして体格はとてもがっしりしている男がタコ糸を持って芝生の上を走り回っていた。糸の先では達筆な字で「苦手克服達成！」と書かれたどでかいタコが空を縦横無尽に飛び回っている。そしてその男の後ろには、複数の子供たちがきゃっきゃと笑いながら一緒に走って付いてきていた。

その男の髪はブリーチで綺麗《きれい》に脱色された金髪で、気崩した服装や髪の色から「不良」という二文字が思い浮かんできそうな外見をしている。近くにはその様子を爆笑しながらスマホで撮影している小柄な黒髪の男や、子供たちの親らしき人もいた。

……回れ右して見なかったことにしたい。景一をチラッと見ると、こいつも俺に目を向けていて気まずそうな表情を浮かべていた。それから景一は頰《ほお》をポリポリと掻《か》いたのち、「わりぃ」と苦笑する。

そりゃそんな反応にもなるだろうよ。

薫と優の二人に俺たちがエメパに行くって情報を漏らしたのは、お前なんだからな！

「アレー、智樹ト景一ジャナイカー。偶然ダナー」

「下手くそか！　棒読みにもほどがあるわ！」

あきらかにわざとらしい様子で近寄ってきた薫がそんなことを言ってきたので、俺は即座にツッコみの言葉を叫ぶ。

ちなみに薫が立ち止まったことで墜落してしまったタコは、見事に優の頭に直撃した。頭を押さえてうずくまる優の元には、景一と冴島が向かっていっている。ギャグかよ。

「……ふっ、バレてしまっては仕方がないな――そうだとも！　俺と優の二人は智樹が苦手を克服しイチャイチャしているということを聞きつけて、その真偽をたしかめにきたのだ！　あと単純に暇でした！」

なんだか最後に付け足した言葉が本心だったような気もするが、少なからずこいつらが俺のことを気に掛けてくれているのは事実なので、微妙に反論しづらい。

ちなみに「イチャイチャ」などという表現をされてしまったわけだが、小日向は俺の小指を握ったまま恥ずかしがることなくスンと澄ました表情をしている。クラスメイトってわけでもないし、あまり親しくない人に何を言われても気にしないのだろう。

「その子が例の小日向さん？」

薫が俺の隣に目を向けて、興味津々といった様子で問いかけてきた。

「そうだよ。あー、小日向。こいつは御門《みかど》薫って名前で、俺の小学校からの友人だ。見た目はこんなアホっぽい感じだけど、悪い奴ではないよ。アホなのは間違いないけど」

ふむふむといった様子で頷《うなず》く小日向。対して薫は不本意そうな表情になっていた。

「アホアホ言わないでくれる⁉ そりゃ桜清《おうせい》から見たら頭悪いかもしれないけどさぁ！」

「悔しかったら勉強しろ」

「勉強嫌い！」

「じゃあ諦めろ」

「そうだな！　諦めが肝心だよな！　脳筋バンザイ！」

一瞬にして立ち直って見せた薫を見て、小日向はなぜかしきりに頷いていた。どこかに同意できる部分でもあったのだろうか。やはり勉強嫌いなところか？

俺と景一の友人——御門薫と不知火《しらぬい》優は、俺が元々住んでいた地域にある私立高校——春奏《しゅんそう》高校に通っている。

俺たちが通っている桜清高校はいちおう進学校で、偏差値も六十近いレベルだ。自慢になるが、この地域でも上位に位置する公立校である。

そして薫や優が通っている春奏高校は——まぁ、『自分の名前を漢字で書くことができれば受かる』と言われているぐらいの高校だ。だけどスポーツは強いし、たしか芸術関係でも良い結果を残していたはず。薫も優も帰宅部だけど。

「それにしてもナチュラルに手を繋《つな》いでいるよなぁ。女子が近寄ってきただけで青ざめてた智樹からは想像できん。しかもこれで付き合ってないって言うんだから、なおさら不思議だ」

薫が俺と小日向の手に目を向けながら、感心したように呟《つぶや》く。

「これはそういうのじゃないっての。付き合ってない男女が手を繋ぐことも、ないことはないだろ」

「そりゃそうだけどさぁ、女子が苦手な智樹だからこその違和感というかなんというか——うーん……わからん！」

どうやら早くも脳のキャパシティに限界がきたようで、薫は思考を放棄した。相変わらずさっぱりしていて、会話が楽だ。

「ところで薫、いい感じの日陰の場所とか空いてなかったか？　いま昼飯食べる場所探してるんだけど」

ちょっと歩いてみた感じ、すでにいい場所は埋まっている様子だった。俺たちより先に来ていた二人なら何か知っているかもしれないと思い、問いかけてみる。

「それなら俺と優が朝八時に来て最高の場所を取ってるぜ！　広場の端――アスレチックがあるほうの高台にある木陰を確保してる」

「八時からいるのかよ……というか一緒に昼飯食べるつもりか？」

「その通り！　智樹の現状を見るって用事は済んだし、あんまり邪魔しちゃ悪いから昼ご飯食べたら俺たちは帰るからさ。ちなみにその場所はそのまま智樹たちに明け渡すぜ！」

「そう言われてもなぁ……」

うーむ。俺や景一は別になんとも思わないんだが、問題は小日向と冴島だよな。

四人で遊ぶつもりだったのに、いきなり見知らぬ二人が参加してきたらそりゃ気まずいだろう。反感を買ってもおかしくない。

しかし良い立地の場所は魅力的なんだよなぁ……四人でちょっと話し合ってみるか。

☆　☆　☆　☆

会議の結果、俺たちは六人で昼食の時間を過ごすことになった。

決め手となってしまったのは、冴島が小日向に言った『唐草くんとか杉野くんの昔話、聞いてみたくない？』という発言である。小日向が思った以上に乗り気になってしまったので、俺や景一も『じゃあ一緒に食べるか』と返答するほかなかった。

冴島の社交性の高さがいかんなく発揮されている。

「バカとアホは高いところが好きって言うだろ？」

俺がなぜ高台にしたのかと聞いたところ、薫が自信満々にそんな回答をよこしてくる。彼の辞書に煙は存在しないらしい。

現在俺たちは、薫と優が広げていたレジャーシートに、俺たちが持参したレジャーシートを接続して、わりと広めの空間を確保している。まぁそれでも六人で食事をしようと思えば、ちょうどいいぐらいの広さだ。

「ケイに聞いていた通りトモの心が治ってきているようで安心したよ。あ、そっちの弁当に手をつけるつもりはないから安心してね」

コンビニ弁当をビニール袋から取りだしながら、ニコニコと笑顔でそう言ってくるのは不知火優。男子にしては身長が低めで、やたらと肌が綺麗な童顔の友人だ。景一とはまた違ったタイプのイケメンである。どうやら昼食はすでに購入してきていたようだ。

優は薫と同じく春奏高校に通っているが、こいつの場合勉強ができないわけではなく、『家が近いから』という理由だけで高校を選んだタイプだ。俺も詳しくは理解できないのだが、優はパソコン関係で特に秀でているらしい。父親が警察でホワイトハッカーなるものをしているみたいだから、たぶんその影響だろう。

そんな話をしている優を気にすることもなく、小日向は俺の前にすすと楕円《だえん》形の弁当箱をすべらせてくる。どうやらピクニック形式の大きな弁当箱ではなく、冴島たちは俺たちそれぞれに弁当を用意してきてくれたようだ。

「これは小日向が用意してくれたのか？」

俺がそう問いかけると、小日向はコクコクと俺の目を真《ま》っ直《す》ぐ見て頷く。それから座った状態のまま、俺の胸に頭をぐりぐりとこすりつけてきた。はいどこからどうみても天使です。本当にありがとうございました。

「唐草くんのはあたしが、杉野くんのは明日香が用意したんだよ！　大人数用だったら不知火くんたちにも分けてあげられたんだけど、今回は無しでお願いしまーす！」

俺が小日向の頭突きを堪能している傍《かたわ》らで、初対面の相手に対し物怖《ものお》じした様子もなく冴島がそう言うと、薫も優もそれぞれ了承の返事をする。

ちなみに薫たちは口で冴島に返答しつつも、視線は未《いま》だぐりぐりと頭突きを続ける小日向へと向いていた。

これはイチャイチャと言われてしまっても、しかたがないかもしれないな。


薫と優、そして冴島と小日向という初対面同士が軽い自己紹介をしてから、いよいよ待ちに待った昼食タイムだ。

全員用に用意してくれた弁当でも十分楽しみにしていたというのに、今俺の目の前にある弁当は小日向が俺個人に準備してくれたんだぞ？　この状況で興奮せずにいられようか？　いや無理。

そろそろ俺もＫＣＣの連中をバカにできない立場になってきたかもしれない……彼女たちに対するツッコみは多少控えるべきか。

「あいつらは何かこそこそしているし、俺たちは食べちゃうか」

「…………（コクコク）」

俺と小日向を除く四人はレジャーシートの端によって、なにやら内緒話をしているようだった。

どうせ俺と小日向関連の話だろうけど、聞かれたくないような話をしているのなら無理に聞こうとも思わない。目の前でするぐらいだから絶対に聞かれたくないようなマズい話でもないだろうし、俺は気にしないことにした。

というか、あっちよりも小日向の弁当のほうが断然気になる。

「――おぉ！　美味《うま》そうっ！」

視界の隅に映る景一たちを無視して、俺は小日向が用意した弁当をパカリと開ける。すると見ているだけで食欲をそそるような、色とりどりの料理が目に映りこんできた。

ピーマンの肉詰めの緑に、卵焼きの黄色。プチトマトの赤に、ミートボールの茶。その他にも美味《おい》しそうなおかずがちょこちょこと詰められていて、ご飯の所には小さなおにぎりが六個入っていた。

しかし小日向さんや……俺の反応が気になるのかもしれないけど、ちょっと距離が近くないですかね？　なんで広々としたレジャーシートがあるのに、太もも同士がくっついちゃってるんですかね⁉　そして至近距離の斜め下から見上げるのは、思春期男子に対しては酷だと思うのですけど！

しかしここで弁当を用意してくれた小日向に向かって『距離が近い、離れて』なんて薄情なことを言うつもりもないので、俺は彼女の密着を弁当に目を向けることで意識の外に追いやることに。まぁ無理だったんだけどな。

「こ、このおにぎりとか『小日向が作った』って感じがするよなぁ」

やや言葉に詰まりつつ、俺は弁当を眺めてそんな感想を呟く。

小さくて、小日向の小さな手で握ったことが窺《うかが》えるサイズ感である。もうこのおにぎりだけで可愛《かわい》い。てっぺんにはご丁寧にふりかけもパラパラとかけられている。

普段はあまり使わないスマホの写真機能を使って、パシャリとこの素晴らしい弁当をデータとして保存。そんなことをしていると、小日向が俺の膝をペチペチと叩《たた》いてきた。

「撮るのダメだった？　違う？　……あぁ、早く食べてみてってことか。じゃあ小日向も自分の弁当だせよ、一緒に食べようぜ」

小日向の表情と身体《からだ》の動きを元に返答を推測して会話をする。たぶん一ヶ月前の俺だったら難しかっただろう。それだけ俺も小日向に慣れてきたってことだな。

小日向がいそいそと弁当箱を開けたので中を覗《のぞ》いてみると、中身の量は多少違うものの、料理の内容は俺が貰《もら》った弁当と一緒だった。カップルかよ。

しかし正しく表現するならば親子なのだろうし、もっと正しく言えばただのクラスメイトなんだけども。

俺はとりあえず、一番手作りっぽい卵焼きを一口でパクり。

「――ん。これ、だし巻き卵かぁ！　あんまり食べたことなかったけど、これ好きだわ俺」

二つ入っていたから、もう一つはお楽しみにとっておこう。そうしよう。

しっかし――小日向は料理もできるんだなぁ……ボウリングも上手《うま》かったし、桜清高校に来ているぐらいだから、嫌いであったとしても勉強もそこそこできるはず。しかもファンクラブがあるぐらいの人気者だし……もしかして小日向、実は完璧超人か？

俺はふすふすと嬉《うれ》しそうに鼻から息を吐いている小日向を見ながら、そんなことを思ったのだった。

☆　☆　☆　☆　☆

～四人の内緒話～

『な？　言った通り、智樹のやつ女子に対して普通だったろ？　学校でもあんな感じだぜ』

『そうだね。というか本当に付き合ってないのかい？　僕にはカップルにしか見えないんだけど……』

『だな。自分の目で見るまでは半信半疑だったが、冴島さんとも普通に話しているようだし、景一の証言が正しかったようだ』

『じゃあ僕らの【鋼《はがね》の誓い】も終わりかな？』

『相変わらず微妙なネーミングだ……誰だっけこの名前言い出したの』

『薫だよ』

『俺だな！　というかカッコイイだろ⁉』

『ねぇねぇ、その「なんとかの誓い」って何？』

『【鋼の誓い】な。……冴島、智樹には言わないでくれよ？　絶対あいつ怒るから』

『うん。黙っていてほしいなら言わないけど』

『ならよし――ほら、小学校のころさ、智樹が女子たちとよく言い争っていたって言っただろ？』

『うんうん』

『情けないことに、そのころの俺たち三人ってめちゃくちゃ気が弱くてな、智樹にずっと守ってもらっていたんだよ』

『……そうだったんだ、あんまり想像つかないね。特に御門くんとか、すごく強そうなのに』

『薫も昔は身長も声も気も小さかったからなぁ――それで、俺たちの代わりに女子に立ち向かっていた智樹が、集中して悪口を言われたりして、女子とまともに喋《しゃべ》れなくなってしまったわけだ』

『うん……』

『だから、智樹が普通に女子と喋れるようになるまでは――智樹が恋愛をできるようになるまでは、俺達は恋愛を禁止しようって話になったんだよ。それがなんでか【鋼の誓い】って呼ばれるようになったって話』

『僕らを庇《かば》ってくれていたトモを差し置いて恋愛するなんて、薄情な感じだしね～。というか今でもあまり僕は興味ないかも』

『それを聞いたら優に気がある子たちが悲しむだろうな。中学校からそうだけど、春奏でもかなりモテてるし』

『僕はそこの現役モデルさんと比べたらたいしたことないよ』

『恥ずかしいからやめろって――ま、【鋼の誓い】に関してはそんな感じだ。別に守らなかったって罰もないけど、智樹に感謝してる俺たちのケジメみたいなもんだな』

『そうそう。だから冴島さんも、今の景一にアタックしたら案外コロッとなびいちゃうかもよ～』

『――おっ！　それはいいこと聞いちゃったかも～』

『……お前ら全員俺をからかうのはやめろって――ほら、智樹がこっちにジト目を向け始めたから、そろそろあっちに合流しようぜ』

『了解～』

『そうだな』

『うんわかった！　そっかぁ……唐草くんも、私と一緒だったんだ』

☆　☆　☆　☆

六人での昼食を終えると、薫と優の二人は宣言通りさつきエメラルドパークをあとにした。どうやら本当に彼らの用事は俺たちと接触することだけだったらしい。

しかしなんだったんだろうな。わいわいとみんなで食事をしたこと以外、特別なことは――あぁ、そういえばこそこそと俺と小日向に隠れて何かを話していたから、もしかしたら彼らがエメパに来た本当の理由は、そこで話されていたのかもしれないな。

少しは気になるが、聞かれたくないのなら無理に聞こうとも思わないけど。

それから俺たち桜清高校の四人は、初めに購入してきたフリスビー等で遊ぶことにした。

ちなみにこれは女性陣からの「せっかく唐草くんたちが買ってくれたんだし、遊ぼうよ！」、

「…………（コクコク）」という発言に由来している。後者は発言というか反応だけども。

フリスビーで遊ぶことにした俺たち四人は、少し声を張れば聞こえるぐらいの距離をとった。スタートは小日向からである。

いまさらだが、彼女はちゃんと投げられるだろうか？

というか俺もあまりやったことないから、綺麗《きれい》に投げられるのか不安なんだが……まぁしばらくは景一に投げて調整しよう。あいつならたとえ暴投して走らせることになっても問題ないだろう。あくまで、女子を走らせるよりマシって意味だけど。

「こっちまで届きそうかー？　というか投げ方わかるかー？」

大きめの声で俺が小日向に問いかけると、彼女はこちらを向いてコクコクと頷《うなず》く。自信ありげな様子だ。ほほう、大丈夫だというなら信じてみようじゃないか。

しかし信じるとは言っても、万が一小日向からのパスが明後日《あさって》の方向に飛んでいってしまった場合、彼女は俺に『申し訳ない』という感情を抱いてしまうかもしれない。

それはダメだ。保護者的にNGである。

そしてKCCの連中に見つかったら絶対怒られそうだ。

何処《どこ》に飛んでもキャッチしてやろう――そう意気込んだ俺は、スタートダッシュができるよう少し腰を落とした。たとえ真後ろに投げたとしても、運動不足のこの身体に鞭打《むちう》って全力ダッシュしてやろう。六月にある体育祭の準備運動みたいなもんだ。

そんなことを考えながら息を整えていると、小日向はフリスビーを片手に持って、その場でくるくると回り始めた。最初はゆっくりと、しかし次第にその速度は上昇していく。

「――へ？　こ、小日向さん？　目は回らないのですか？」

思わずこぼれ出た独り言が丁寧語になってしまうぐらいには、動揺してしまった。

おそらく足りない筋力を補うために勢いを付けているのだろうけど、マジで真後ろに飛んでいく可能性が出てきてしまった。

やがて、小日向の手からフリスビーが射出される。

「――お、おぉ！」

彼女の手を離れたフリスビーは、遠近感を失ってしまいそうなほど一切ぶれる事無く俺の元へと飛んできた。俺が移動するまでもなく、見事に胸へと真っ直《ま》ぐ《す》に突き進んできて、俺は何の苦労もなくキャッチすることに成功。プロかよ。

「なぜあの投法でここまでコントロールできるんだ……？」

ボウリングの時といい、小日向のコントロール正確すぎるだろう。センス良すぎない？

小日向のほうを見ると、彼女は上手くいったことに対しての喜びを表しているのか、その場でぴょこぴょこと飛び跳ねていた。遠い距離だから俺には細かい表情が見えず、無表情で飛び跳ねているように見える。

見た感じ地面から数センチしかジャンプしていないのだけど、彼女のいつもの様子から考えると大層楽しんでいることが予想できた。

小日向は大いに楽しんでいるようだし、俺も負けてられないな。

せっかくだし、小日向と同じ投げ方で景一に投げてみるか。

「いくぞ景一ーっ！　俺の投球センスをとくと見よっ！」

「『投球』って、それ球じゃなくね⁉　というかあのぐるぐるは小日向にしかできないって！　あ、あぁあああああああああっ」

☆　☆　☆　☆

ひとしきり持ってきたおもちゃで遊んだ俺たちは、身体を休ませがてらイベント広場に行って大道芸を見ることにした。

宣伝のチラシを見ると、火のついた松明《たいまつ》をジャグリングしていたり、椅子を積み重ねてバランスをとったりしている写真が載せられている。

なんだか天才的な活躍をした小日向を見たあとだと、「小日向ならできそうだな」という感想が思い浮かんでしまった。彼女にはパワーがないけれど、それを補って余りある運動センスを持ち合わせているからなぁ。なんだかアンバランスで可愛《かわい》い。

で、俺たちは意気揚々とイベント広場にやってきたわけだけども——、

「人が多いな……さすがゴールデンウィーク」

会場には多くの客が押しかけており、身長が百七十センチを超えている俺も背伸びしないとよく見えないような人混みだ。さすがに開始十分前に来るのは甘く見すぎたか。

「あちゃ〜、こりゃ見えないね。今回は諦める？　あたしは別にアトラクションか他のところを見る感じでも大丈夫だよ！」

どうやら冴島はどうしてもこのイベントを見たいというわけではなさそうで、俺と景一に向けてそんな提案をしてくる。人混みが苦手な俺としても、満足に見ることが出来ないのならば気持ちは別の方向へと傾いてしまう。少し楽しみだったから残念だけど。

「——小日向は見たいか？」

俺がそう問いかけると、小日向は小さくふるふると首を横に振った。顔はやや下を向いていて、しきりに俺の小指をニギニギしている。これ絶対に、見たいけど俺たちに遠慮して我慢しているやつじゃないか。

そういうことならば話は変わってくる。人混みが苦手？　そんなものは忘れた！

「俺はこれ見たいんだけど、どこかに見えそうな場所はないもんかな」

俺が景一と冴島に言うと、彼らは俺と俯《うつむ》く小日向をチラッと見てから納得した様子で頷く。察しが良くて助かります。

だけど俺が見たいってのも別に間違ってないからな？　まぁ、普段なら諦めるところだったけども。

「あっち側に行けば、ステージからは少し遠くなるけど智樹の身長なら見えるだろうし、冴島も背伸びすれば見えるだろ」

そう言いながら、景一は少し周囲より高くなっている場所を指さす。しかしその場所でも、小日向の身長では満足に見ることはできそうにない。それじゃあまり意味がないのだよ景一くん。俺は小日向に見せたいんだから。

「ちなみに小日向はアレすればオッケーだ」

他の案はないかと頭を働かせていると、景一がニヤニヤとしながらある方向を顎で示した。俺、小日向、冴島の三人は同時にその場所へと目を向ける。

そこには、肩車をしている親子がいた。

……え？　もしかして景一、俺に小日向を肩車しろって言ってる？

俺の頭部はいま、女の子の太ももの間に挟まっている。

この言葉だけを抽出したのであれば、それはもう大層エッチな妄想をしてしまいそうなものだけども、実際のところは卑猥《ひわい》な部分など欠片《かけら》もない（少しぐらいはあるかもしれない）、公共の場でも見かける肩車だ。

問題があるとすれば相手が同年齢の高校生ということぐらいか……まぁそれが唯一にして最大の問題なんだが。

幸い、周囲から見れば俺たちは兄妹《きょうだい》のように見えているのではないかと思う。この身長差だし、奇異の視線は特に感じない。

「…………」

視線は感じない……とはいったものの、現在俺の視界はきめ細やかなムニムニな肌が大部分を占めているので、他者の顔色など物理的にも精神的にも気にする余裕があまりない。

ほんの少しでも頭を動かしたらセクハラで訴えられてもおかしくないのではないかと思ってしまう。もちろん、小日向のことだからそんなこと言わないだろうけど。

そういえば今ショーの真っ最中だったな……後頭部に伝わる小日向のお腹《なか》に意識が向かってしまっていた。

「うぉっ、よくあんなことできるなぁ」

俺の右隣では、景一がステージに目を向けてそんな感心したような声を漏らす。お前はショーを楽しめていいですね。

「け、怪我《けが》したりしないよね？　大丈夫だよね？」

そして左隣では、冴島がビクビクした様子で俺たち三人に問いかけるように言う。大道芸人は大丈夫そうだけど俺の心拍数がピンチだよ？

とはいえ、あまり動揺しているのを思春期の高校生男子として悟られたくはない。

小日向も太ももを意識しまくっている男子に肩車されているとなると気まずいだろうし、嫌な気分になってしまうだろう。

俺はあくまで保護者の立ち位置なのだから、平常心でいることが求められるのである。

小日向が万が一にも落っこちることのないよう、細い足をしっかりとホールドしたまま俺は声を掛ける。

「ちゃんと見えているか？」

その問いかけに対し、小日向は俺の頭を両手でスリスリと撫《な》でてくる。これは見えているということでいいのだろうか？　いつもの頷きが見えないから判断が難しい。

「上にいるのがきつくなったら合図してくれよ」

すると、もう一度小日向は俺の頭をスリスリ。肯定の合図で間違いなさそうだ。

それにしても、なんだか女子に頭を撫でられるって新鮮だな。

なんだかこの言い方だと男子に撫でられた経験がありそうな感じだけど、俺の頭を撫でたことがあるのはせいぜい親父《おやじ》ぐらいなものだ。あとは記憶にないけど、母親もきっと撫でてくれていたのだろう。

ところで小日向さん……大道芸が凄《すご》くて興奮する気持ちはわからないでもないんだけど、ムニムニと俺の頭を太ももで挟むのは止《や》めてくれませんか？　ＫＣの人たちが小日向を見て鼻血を噴き出すのを、他人事《ひとごと》に思えなくなってしまいそうです。

☆　☆　☆　☆

ショーを見終えたあと、俺たちが向かったのは熱帯の生物を見ることができる施設だ。入場料はひとり三百五十円で、小日向が危うく中学生料金になりそうだったが、本人が否定して無事入場。

全面ガラス張りのこの施設は、まるで森の一部をそのまま移植したかのように、木々や花々が生い茂っている。幅二メートルほどの通路の横には柵もなく、すぐそばにイグアナが歩いていたりする。

「久しぶりだなぁ……小日向も来たことあるだろ？　いつぶりぐらい？」

『小学校の時にきた』

「みんなそのぐらいだよな。俺もだよ」

このエメパ近辺に住む人は、だいたい来たことがあると思う。家族で来る人も多いだろうし、近隣だと学校の行事でエメパに遠足に行くこともしばしば。俺が通っていた小学校も、遠足でこの場所を訪れたことがある。

この熱帯の施設に来たのはそれ以来だから、ちょっと楽しみだ。

「うわ見て唐草くん！　カピバラさんだよカピバラさん！」

「ビックリしちゃうからもう少し声落とそうな」

「はいぃ……」

俺たちの少し先では、美男美女の二人が仲良くカピバラを眺めていた。まぁ無理に一緒に行動する必要もないし、こちらはこちらのペースで進むとしよう。

どこかに生き物がいないかなと通路を歩いていると、小日向が立ち止まって上を指さした。そして俺の腰をペチペチと叩《たた》き、もう一度指で上を指し示す。

「ん？　なんかいた？」

彼女の小さな指の先に目を向けると、そこには木の枝でくつろいでいる黒く大きな鳥の姿。オレンジの大きなクチバシが特徴的で、身体《からだ》の三分の一ぐらいクチバシなのではないかと思えるほどだ。しかし生き物と俺たちを仕切るものがないから、すごく身近に感じられるなぁ。久しぶりに来たけど、三百五十円でこれが見られるのは安い。

「おぉ、あれは……なんだ？　えっと……シロムネオオハシ？　って鳥らしいぞ」

『クチバシおっきい』

「大きいなぁ。小日向の顔ぐらいパクリといっちゃいそうだ」

ふざけてそんなことを言ってみると、小日向は鳥を警戒しているのか、俺の背後にピトリとくっついてくる。いや本気にしないでほしいのだけど。さすがに襲ってくる鳥は展示しないだろ。

「冗談冗談——あ、あそこにカメレオンっぽいのがいるぞ。進もうぜ」

「…………（コクコク）」

いつの間にか小指を握っていた小日向とともに、俺は道を進む。

道行く先々で普段見ることができない生物と出会い、時には先に進んでいた景一や冴島から「あそこに〇〇がいた」と報告を受けたりしつつ、道を進む。

経路の中には、両端を水槽に囲まれたような場所があり、そこからは池を泳ぐ魚を見ることができた。この池も通路側以外は自然に囲まれているため、通路の両脇に池を作ったというよりも、池を通路で両断したという雰囲気がある。

ガラスの前でしゃがみ、小日向はナマズとにらめっこしている。

「これまたでかいナマズだな……えーっと、これはレッドテールキャットっていうらしいぞ」

ガラスの下には生き物の説明書きが載せてあり、俺は小日向の隣でそれを読み上げる。

小日向と対峙《たいじ》しているこのナマズはおそらく一メートルほどのサイズ。ゆらゆらと揺れる尾びれはその名の通り赤いが、どこにキャット要素があるのか。

家に帰って覚えていたら調べてみようと思っていると、にらめっこに勝利したらしい小日向がこちらを見上げていた。そして口元に手をおいて、なにやら指をもぞもぞと動かしている。

「……ヒゲ？」

「…………（コクコク）」

「たしかにそれは猫要素だな」

それが正しいのかはわからないけど、俺は納得して頷《うなず》いた。それから小日向は手を丸めて招き猫のような仕草を始める。可愛い。

たぶんやる人によっては『あざとい』などと思われてしまうのだろうけど、小日向がやるとそうは思えないんだよなぁ。その行動が自然というか、当たり前というか。憎まれる要素を微塵《みじん》も感じないのだ。

立ち上がって俺の小指を握った小日向は、次に行こうと俺の手を引く。

そんな楽し気な小日向の頭上には、いつの間にか蝶《ちょう》がとまって羽を休めていた。きっとこの蝶も小日向から悪意を感じ取ることができなかったんだろうなぁ。

「小日向、頭に蝶が乗ってるけど、そのまま連れ出さないようにな？」

苦笑しながらそう言うと、彼女はまん丸に目を見開いて、そっと自分の頭の上に人差し指を近づける。鳥ならまだしも蝶は無理だろう――そう思っていたが、俺の予想に反して蝶は近づけられた人差し指に飛び移った。

「……なんでできるんだ」

思わずこぼれてしまった言葉に、小日向は胸を張ってふすー。

そしてしばらく蝶を観察した小日向は、近くの木の枝に蝶を移動させた。

あの蝶が異常に人懐っこいのか、それとも小日向が特別だったのか……真相は蝶のみぞ知る。

その後、洞窟のような場所に展示されている水槽を眺めたり、植物に紛れている生物を探索しながら熱帯園を楽しんだ。

爬虫類《はちゅうるい》や鳥などが苦手な人はあまり楽しめないかもしれないけど、俺たちのメンバーはみな平気だったので、全員が値段以上に楽しめたと思う。

エメパの入場料と合わせても出費は五百円程度――やっぱりコストパフォーマンスとしては、エメパは最強なんだよなぁ。

熱帯の施設を見終わったあとも、俺たち四人はアスレチックで遊んだり、動物と触れ合えるコーナーで癒《いや》されたり、展望台に上って景色を眺めたりと、さつきエメラルドパークを満喫した。

まだ遊べていないエリアがあるから、機会があればまた来てもいいかもしれないな。薫と優に出くわすハプニングはあったけれど、楽しかったことには違いないし。

帰り道。

景一と冴島の二人と別れ、俺は小日向と二人で薄暗い住宅街を歩いている。

「なんだかあっという間だったな」

周囲に人の姿はなく、どう考えてもはぐれるようなことはないのだが、彼女は俺の小指をしっかりとニギニギしていた。どうやら、肩車をしたことで色々と吹っ切れたらしい。とても可愛《かわい》い。

肩車自体、小日向も最初は恥ずかしそうだったからなぁ……。きっと彼女の中で羞恥心よりも大道芸を見たい気持ちが勝っていたのだろう。そしてその肩車に対する羞恥心が、手をつなぐことの恥ずかしさを忘れさせてしまったようだ。

斜め下から俺を見上げてコクコクと頷く小日向を見て、俺は「だよな」と返答する。

「明日からまた学校か……といってもすぐに土日がくるけど」

その土日が終わればいよいよ連休ムードは終わってしまい、五月の中頃に中間試験——そして六月には体育祭が控えている。

中間試験に関しては、家で暇なときに予習復習はやっているし、試験対策として特別に追い込む必要もない。俺はいつも学年で五十位以内はキープできているし。

そして体育祭の実行委員決めもおそらく土日が明けたらやることになるのだろうけど、これは俺に関係のない話だ。うちのクラスだとたぶん高田《たかだ》あたりがやるんじゃないだろうか。去年もやっていたし。

「小日向、学校が始まったら試験対策をやっていこうな」

俺が小日向と関わる前に抱いていた彼女の印象は『文学少女』的なものだった。

物静かで、他者を気にすることなく黙々と本を読んでいるような感じ。実際同じクラスになってみたところ、本を読んでいる姿なんて見たことはないし、意外と運動センスが抜群だったわけなんだけど。

以前、姉の静香《しずか》さんに小日向の勉強を見るようにと依頼されていたので、さらっと勉強の話題を出してみたのだけど、小日向はカクカクとしたブリキのような動きで俺とは真逆の方へ顔を向けた。そしてどこか落ち着かない様子で小指をニギニギ。

いまの彼女の動きを言語化するならば、『ななな何も聞こえない』といった感じだろうか。

やっぱり小日向……静香さんが言った通り、勉強は苦手なんだろうなぁ。

第三章　甘えん坊とお勉強

エメパで遊びつくした翌日。金曜日だ。

ゴールデンウィークが終わっていよいよ学校が始まってしまったわけだけど、今日は金曜日なので一日学校に行けばすぐに土日がやってくる。

といっても、俺は土曜日、日曜日ともにしっかりと八時間働く予定なので、休日という感覚はない。せっせと働く割にはあまり浪費することはないのだけど、一人暮らしさせてもらっている身であるし、親父《おやじ》にあまり負担はかけたくないからな。

そしてその土日を終えると、校内はいよいよ試験前の部活動自粛期間へと移行し、その翌週から中間試験——といった流れになる。

部活動もやっていなければ試験対策に時間を費やすこともない俺からすると、同じ時間に下校する人がいつもより多くなる期間という感じだな。

クラスメイトたちで言うと、部活に入っている生徒のテンションが心なしか高い気がする。嫌々部活に入っているわけじゃないとはいえ、たまにある休みはやはり嬉《うれ》しいようだ。

「じゃあ体育祭の実行委員は大変だな。試験期間と被《かぶ》る感じになるのか」

「先生たちはあまり推奨していないけど、のんびりしてたらグダグダな体育祭になっちゃうからねぇ。まぁ打ち合わせって言っても放課後一時間かからないぐらいだし、勉強する時間は十分とれるよ～」

昼休み。

俺たち四人はいつも通り中庭に集まり、レジャーシートを広げて昼食をとっていた。

四人で向かい合うような形で座り、右に小日向《こひなた》、左に景一《けいいち》、そして正面に冴島《さえじま》といったポジションだ。景一との距離よりも小日向との距離が近く感じるのは、俺がきっと意識しすぎなんだろうなぁ。

そんなことを頭の隅で考えつつも、きちんと会話はこなす。

「なるほどね……しっかし、そういう係って面倒じゃないか？　給料がでるわけでもないのに、仕事は他の生徒より多いわけだしさ」

俺は金を貰《もら》ってもやりたくないが。

「思い出はプライスレスだよ杉野《すぎの》くん！」

俺のやる気のない言葉に対し、冴島は力こぶを作ってからそう言った。

思い出ねぇ……たしかに記憶に残るものになるだろうけど、俺はどうしても面倒くさいという想《おも》いのほうが勝ってしまうな。

冴島は今朝のHRで実行委員に立候補したらしいけど、知り合いが同じ委員になっているとはいえ、俺はやっぱりパスだなぁ。体育祭間近になると土日まで駆り出されるらしいし、バイトに支障がでてしまう。

実行委員になるのは各クラスから男女一名ずつ。

うちのクラスは今朝のHRでは男子の立候補者が出ずに、再度週明けに実行委員を決めることになっている。この土日の間に、生徒内である程度決めておけといったところか。くじ引きにならないことを願うしかない。バイトがあるから——っていうのは、言い訳にできないだろうしなぁ。

「高田《たかだ》あたりがやってくれると思ったんだけどな、キャラ的に。あいつ忙しいのか？」

俺の疑問符を乗せた言葉に対し、小日向は首を傾《かし》げて腕組みをする。悩んでいるような仕草だが、顔はいつも通りの無表情だ。

右から左に視線を移すと、景一は口の中で咀嚼《そしゃく》していたパンを飲み込んで、口を開いた。

「高田は部活があるから無理って言ってたぞ。あいつレギュラーだし」

「あぁ、サッカーか。体育祭は試験期間の後だから、そりゃ普通に部活があるよな」

「そうそう。まぁ冴島もやることになったみたいだし、俺が実行委員やってもいいかなぁとは思ってるよ」

——と、景一はなにやら実行委員になりそうな感じのことを言っていた。

景一が立候補すれば、反対する生徒はいないだろう。俺にべったりな雰囲気はあるけど、人付き合いは上手《うま》いし、クラスでこいつのことを嫌いなやつはいないからな。

たとえ対抗馬が出たとしても、このイケメンハイスペック男子に譲る未来しか見えない。

「えっ⁉　唐草《からくさ》くんもやってくれるの⁉　やろうやろうっ！」

「うちのクラスにどうしてもやりたいって奴《やつ》がいないみたいだしな。こういう経験も悪くないだろ」

「やったーっ！　知ってる人が増えて私はハッピーだよっ！」

「まだ決まってないんだからそんなにはしゃぐなよ。ぬか喜びになるかもしれないぞ？」

冴島がぴょんぴょんと飛び跳ねそうな勢いで喜ぶのを見て、景一は苦笑している。

おーおー、真っ昼間からお熱いことで。もう早く付き合っちゃえよお前ら。

お祝いは特定食で良いだろうか。朱音《あかね》さんに頼んでスペシャルメニューを作ってもらうのもありだな。もしくはバイト先でウルトラハイパーデラックススペシャルメガトンパフェか？

いやアレは止《や》めておこう。高いし、なにより二人で食べられるような量ではない。もし頼むとすれば四人で行った時だな。小日向が目を丸くするところ見たいし。

「まぁ体育祭のことはおいといて——だ」

俺は楽し気なムードをぶった切って、口をもぐもぐと動かしている小日向にジト目を向ける。彼女はあまりよろしくない気配を察したのか、ゆっくりと俺から視線を逸《そ》らした。

ここからが本題ですよ小日向さんや。

「そうだねぇ……明日香《あすか》は試験対策をしっかりやらないと、本当に留年しかねないから……」

「去年は赤点を大量にとって再テストのラッシュだったみたいだぞ。というか、再テストにいない小日向のほうが珍しいって聞いた」

冴島と景一はことの重大さを承知しているのか、重苦しい口調でそんなことを言う。二年に進級できて本当に良かったな小日向。

彼女の学力を数値で説明するとなると、やはり学年の順位で示すのが一番わかりやすいだろうか。

我が桜清《おうせい》高校の二年生は二百人以上の生徒がいて、景一の順位は俺よりも少し後ろだが、二桁の常連である。

そして聞くところによると、冴島は百番前後と全体の中間に位置しているようで、問題の小日向の順位は二百を超えるらしい。もはや後ろから手の指だけで数えられそうな順位であることもしばしばとのこと。

静香《しずか》さんから「平均点とれたら～」という依頼を受けていたけれど、時間的にかなり難しい気がしてきている。せめて本人が勉強に意欲的だったら、望みはもう少しあったのだろうけど。

「小日向は絶対実行委員には――というか担任からストップかかるだろうから無理だな。大人しく勉強するんだぞ？」

俺がそういうと、小日向は俺から目を逸らした状態でさらにぷいっと顔をそむける。

静香さんが言っていた通り、勉強嫌いなんだろうなぁ……。以前授業の終わりに小日向の席の側を通ったら、ノートにウサギらしき生物がぴょこぴょこ跳ねている絵がいっぱい描かれていたし。途中までは集中しているようだけど、長くは続かないみたいだ。

本当にこのお馬鹿さんは大丈夫なんだろうかと不安な目で小日向を見ていると、

「唐草くんに聞いたんだけど、杉野くんって試験前あまり勉強しないんだよね？」

冴島が自らの手を擦《こす》り合わせながら、そんな事を聞いてくる。

ジェスチャーがフライングしてるぞ冴島。小日向の勉強を見てもらいたいという想いがありありと見えている。

「そうだな。まったくってわけじゃないけど、そこまで必死にやってるわけでもない」

いちおう、試験前日の日曜日のバイトだけは休みをもらっている。勉強するかはその時の気分次第だけど、いつもの定期試験で言えば夜に少しやるぐらいだろうか。

試験期間外であろうと、暇なときはたまに勉強したりするし、ギリギリになって勉強するのは、あまり好みじゃないんだよな。夏休みの宿題も毎日コツコツやるタイプだし。

「じゃあさ、迷惑じゃなかったら勉強会とかしない？　実行委員がある日は遅くなっちゃうからさすがに難しいけど……空いてる日だけでもさ！」

冴島はそこまで言い終えると、合わせた手を顔の前まで持ちあげて片目を瞑《つぶ》る。

冴島といい静香さんといい……小日向の中間試験、放置したらやばいと思ってるんだろうなぁ。良く言えばそれだけ愛されてるってことだ。

俺も小日向に手を差し伸べようとしている内のひとりなわけだし、他人事《ひとごと》ではないが。

「実は俺からも冴島たちを誘おうかと思っていたんだ。静香さんから小日向の勉強を見てくれって頼まれてたからな……だから、冴島に言われるまでもなく小日向と勉強会はするつもりだったぞ」

俺がそう言うと、蚊帳の外に出ようとしていた小日向が勢いよくこちらを見る。

「というわけで家族公認だ。ビシバシいくから覚悟しとけよ」

ジト目を向けながらそう言うと、小日向は下唇を突き出して不満をアピールする。表情の変化はいいことだが、どうせなら笑顔を見せて欲しいもんだ。

「俺が冴島に『智樹《ともき》は試験対策とかほとんどしてないから、小日向の勉強を見る余裕ぐらいあるんじゃね』って言ってたんだよ。そこから智樹の家で勉強会するのもありだな～って話になってたんだ」

不満顔の小日向と睨《にら》めっこしていると、景一が補足の説明を口にする。

またまた家主の知らぬところでそんな会話がなされていたらしい。まぁ小日向の中間試験がヤバいと知っていれば、どちらにせよ勉強会は開催していただろう。

「私が実行委員になったから頼みづらかったってのもあるんだよねぇ。杉野くんにお任せしちゃう感じになる日があると思うから……でも杉野くんはすでにやる気みたいだし良かった！　明日香の進級のためになにとぞご協力を！」

ははぁ～、と拝み倒すような感じで冴島が頭を下げる。大袈裟《おおげさ》すぎない？

そんなに頭を下げられなくとも勉強をみるぐらい別に――と一瞬思ったけれど、よくよく考えると小日向と二人きりになる状況というのはあまりよろしくないかもしれない。俺の理性的な問題で。

「朝は決めかねちゃったけど、智樹も小日向が相手なら二人きりでも大丈夫そうだよな。っていうかそもそも、以前にも二人で智樹の家にいたことあるんだし」

「なんだ？　もしかして俺に気を遣って実行委員にならなかったのか？」

「智樹が寂しくて泣いちゃうかもしれないだろ？」

「泣くかアホ！」

　はっはっはと笑う景一にジト目を向ける。

　試験前に行われる実行委員の話し合いは、来週の木曜日と金曜日にあるらしい。もし小日向の学力が思ったよりもマシだったなら、別に集まって勉強する必要はないのだ。授業中や昼休みの空いた時間でこと足りるはず。

　当事者である小日向に目を向けてみると、彼女は「私は関係ありませんよ」とでも言いたげにもくもくと弁当をつついていた。リスっぽくて大変可愛《かわい》いのだが、今は甘やかしていい状況ではない。

「小日向の話をしてるんだからな？」

　そう言って俺は小日向のおでこをペチリと叩《たた》く。すると、彼女は即座にぐりぐりと頭突きで反撃してきた。なぜなのか。

　その日の六限目。

　月曜日に行われた数学の小テストの結果が返却された。

小テストは成績には入らない——各々が実力を確かめるためのもの。

先生にそう言われて受けたテストだったのだけど、内容としては今回の試験で出しそうだなぁというのが俺の感想だ。

満点は五十点で、先生からの「これやっとけば赤点は回避できるぞ」という隠れたメッセージが込められているような気がしなくもない。

「小日向、さっきの小テスト何点だった」

六限目が終わってからすぐに、俺は小日向の席に近づいてそう訊《たず》ねた。すると、彼女は机の上に裏返して置いていたテスト用紙を、凄《すさ》まじいスピードで机の中に隠す。

「人の点数を無理に見たくはないけど、小日向の試験対策の参考にしたいからさ」

「…………」

「赤点ばかりだと補講もあるだろうし、小日向だけ仲間外れになっちゃうぞ？」

無言の小日向にそう言うと、彼女は微《かす》かに首を横に振る。嫌らしい。

「俺と一緒に遊びだしたことで成績が下がったりしたら、お前のお母さんやお姉さんが俺と仲良くすることに反対しちゃうかもしれないなぁ」

小日向のお母さんは会ったことがないから知らないけど、少なくとも姉の静香さんはそんなこと言わないだろう。少し演技っぽくなってしまったが、小日向にはいい説得材料になると思ったのだ。

もしこれで「え？　別に杉野と仲良くしなくてもいい」なんて言われたら泣く。

しかし俺の予想兼願望は的中し、

「…………（ブンブン！）」

小日向は勢いよく首を横に振ったあと、しぶしぶと言った様子で机の中からテスト用紙を取りだした。二点だった。

「…………マジ？」

思わずそう口にしてしまったところ、小日向はムスッと唇を尖《とが》らせる。

おお！　なんとわかりやすい表情の変化！　――ってそうじゃなくて！

静香さんからの依頼――こいつは思った以上に高難易度クエストみたいだなぁ。

こりゃ楽しくお勉強会という雰囲気では乗り切れない気がしてきたぞ。

土日はいつもどおりバイトに励み、月曜日。

朝のＨＲで、景一は宣言通り体育祭の実行委員に立候補した。

すでに根回しは済んでいたらしく、俺が登校した時点でみな安堵《あんど》の表情を浮かべており、景一が教室にやってきた際にはみな感謝の言葉を口にしていた。たぶん、チャットなどで土日に連絡を回していたのだろう。

学校での一日が終わると、さっそく勉強会である。

景一は残念ながら仕事の関係で来ることができないらしいが、冴島と小日向は特に予定がなかったようなので、さっそく俺の家に集まって勉強会をすることになった。

女性二人を家に呼ぶことに緊張したいところだけど、今はそれよりも小日向の成績が気になってそれどころではない。

幸い、小日向が無口でいるおかげで喋《しゃべ》る女性は冴島のみ。しかも内容が勉強会ともなれば、俺のトラウマが刺激される可能性はほぼ無いと言っていいだろう。俺はひたすら中間試験を小日向に無事突破させることを考えていればいいのだ。

全国模試と違ってこういう定期試験は、授業をしている学校の先生たちが作っているから、教師によってある程度出題傾向が予想できる。

問題集からそのまま引用する教師もいれば、小テストで出した問題を使う教師、授業中に「ここ出すからな～」と言ったところばかり出題してくる教師などなど。

まぁ中には「普段から真面目に聞いてないお前らが悪い」と言った感じで、特にテスト対策をしない教師もいるが、そういう教師を事前にチェックしていれば、案外定期試験なんかどうにでもなるものだ。

「つまり普段から授業はあまり聞いていないってことでいいんだな？」

「…………（ぷい）」

俺の問いかけに対し、小日向は顔を背けて「なんのことだか」といった反応を見せる。

ちっちゃい子の誤魔化《ごまか》し方みたいで非常に可愛いけれど、このままでは来年も小日向が二年生を継続し、学を修める旅行に二年連続行くことになりかねない……俺も気合を入れて、心を鬼にしなければ。

「まぁ一週間の猶予があって良かったと考えるべきか……」

バカみたいに試験範囲が広いわけでもないし、いまから集中すれば赤点回避――そして平均点を目指すことも可能だろう。桜清高校に受かったのだから、勉強がまったくできないというわけでもないはずだ。

「あーすーかーっ！　二年生になったらノートちゃんと書くって言ってたよね？　落書きばっかりじゃない！」

こたつの上で開かれた小日向のノートを見て、冴島は怒った様子でそう口にする。小日向に対してこうやって怒れる友達は貴重だなぁ。つい甘やかしてしまう気持ちはわかるけど、それだと小日向のためにならないし。

しかし、なんだか小日向って真面目そうな印象があったから、俺としては意外な一面を見ることができて嬉《うれ》しくもある。成績は全然笑えないレベルなのだけど。

「とにかく、後半で詰め込めるようにまず今日一日使って現状の把握をするぞ。受験はパスできたんだから、小日向もやればできる子なはずだ」

俺は二人に語り掛けるようにしながら、そう自分に言い聞かせた。

大丈夫だ、きちんと対策すれば平均点ぐらいとれるはず。もちろん留年することもないはず――って、小日向は胸を張るところじゃないからな？

「しばらくゲーム禁止だからな？」

「やればできる子」と言われて得意げな雰囲気を醸していた小日向だったが、ゲーム禁止と言われてほんのちょっぴり口をとがらせる。不満顔は非常にわかりやすいな。

「小日向はできる子なんだから大丈夫だろ？」

そう問いかけると、小日向はしぶしぶといった様子で首を縦に振る。誘導尋問のようで若干心が痛んだが、小日向のためなんだ、悪く思わないでくれよ。

しかし小日向の成績が悪くて助かった――というのもおかしな話だが、ほんの少しだけ勉強すればいいぐらいの雰囲気だったら、この状況に俺は耐えられなかったかもしれない。

なにしろ俺は女子とまともに関わり始めてまだ一ヶ月の新米である。

はじまりの街（男ばかり）でのほほんと過ごしてきた俺が、いきなり魔王に挑む（自宅で女子と二人きり）など無理があるだろう。酒場のねーちゃんから「頭大丈夫かこいつ」と思われても仕方ないレベルだ。

以前、小日向と自宅で映画を見た時も二人きりの状況だったが、あの時と今とでは小日向に対する俺の好感度もかなり違っているから、いよいよ保護欲という俺の最後の砦《とりで》が破壊されかねない。

だがしかし！　今回はそんな浮ついたことを気にしていたら、小日向が留年しかねないのだ。そのレベルでヤバい。ゴールデンウィークで浮かれている暇などなかったのだ。

「甘やかすことはないと思ってくれ」

小日向に対する保護欲を正しき形で保つためにも、ビシバシと厳しく指導していくことにさせてもらおう。

俺がきつめの口調でそう言うと、小日向は「どうかお手柔らかに……」とでも言いたげに、胡坐《あぐら》をかいている俺の膝の上にそっと自身の小さな手を乗せる。

早くも決心が揺らぎそうになった。

一時間ほど使って小日向の学力を把握し、これからどういったペースで勉強すればいいかを頭の中で組み立てていく。

うーん……かなり厳しいかと思っていたけど、興味がないところがとことんダメなだけで、まったく授業を聞いていないって感じじゃないんだよな。しかも軽く教えたらすんなりと理解してくれるし、記憶力も悪くないように思う。

いまからみっちり勉強させて、授業中も真面目に受けてもらえばそこまで無茶《むちゃ》な挑戦ではないように思えてきたぞ。目指す場所が平均点だからの話だけども。

『そろそろきゅーけー』

小日向はいつも通り俺の右隣に座り、その右斜め前に冴島が座っている。

で、小日向はぴょこぴょこと身体《からだ》を弾ませながら、俺に見えやすいような向きでスマホを設置してきた。

「へいへい。まぁ勉強嫌いにしてはよく集中したな」

俺がそう言うと、小日向は即座に俺の胸へ頭をこすりつけてくる。はいはい、存分にグリグリしてください。

「飲み物追加する？」

小日向にグリグリと好き放題させたまま、俺は「んーっ！」という気の抜けたかけ声とともに背伸びをしたのち、冴島に問いかけた。

「まだコップに残ってるから大丈夫だよ～。ねぇねぇ、小学校とか中学校のアルバムある？　実家に置いて来ちゃった？」

「持ってきてるよ」

「じゃあ見せて欲しいなぁ〜。ね、明日香も杉野くんのちっちゃい頃の写真、みたいよね？」

「…………しょうがねぇなぁ」

「……（コクコク）」

冴島が見たいのは俺じゃなくて景一なんだろうけど、まぁ敢《あ》えてそれを口にするのも野暮《やぼ》ってもんだろう。

別に減るもんじゃないし、休憩時間に冴島から軽快なトークをされてしまえば俺の気が休まらない。二人がアルバムで盛り上がっている間、のんびりさせてもらうとしようか。

頭をグリグリしている小日向を宥《なだ》めてから立ち上がり、俺は自室からアルバムを二冊持ってきた。それぞれに一冊ずつ渡してから、俺はテーブルに肘を突いてぼけーっと二人の様子を眺めることに。

「うわ〜！　みてみて明日香っ！　二人とも可愛《かわい》いよっ！」

冴島はさっそく小学校のアルバムで俺と景一の姿を見つけたらしく、中学校のアルバムをぺらぺらとめくっていた小日向に声を掛ける。冴島の手元を覗《のぞ》き込んだ小日向は、俺と写真を交互に見比べてふすふすしていた。

女子から褒められるのであれば『可愛い』より『カッコイイ』のほうが嬉しいのはたしかなのだろうけど、照れることには変わりない。俺は「ガキの頃はみんなそんなもんだろ」とぶっきらぼうに返答した。

冴島は「ちっちゃい子可愛いよねぇ」と口にしてからまたアルバムに目を向ける。「あ、御門《みかど》くんと不知火《しらぬい》くんもいる」などと口にしながら、ペラペラとページをめくっていった。

で小日向はというと、

「俺だな」

ビシィッ！　という効果音が出そうな勢いで、アルバムの一点を勢いよく指さした。俺である。不細工ではないと思うが……なんというか普通だよな俺って。コンプレックスを感じないのは恵まれていると思うけども。

ひとしきり俺のクラスのページを眺めた小日向は、俺と同じクラスの一人の女子を指さした。なんて名前だったっけ？

「そいつがどうしたの？　水野だっけ？　いや、水田？　水島？」

記憶を必死に呼び起こしていると、小日向が『川島さん。一年で同じクラスだった』と回答してくれた。あー、たしかそんな名前だった気がする。

「えぇ!? 杉野くんって同じクラスの子の名前覚えてないの!? 小学校ならまだしも、中学三年じゃん！」

「極力女子と関わらないようにしてたからなぁ……でも名字はたぶん、半分ぐらいなら覚えてるぞ。下の名前はさっぱりだな」

「あー……それなら仕方ない？ のかな」

俺が女子を苦手としていたことを思い出したのか、冴島は少し申し訳なさそうにしながら苦笑する。そして、空気を変えようと思ったのか、「私の名前、フルネームで言えるよね？」と挑戦的な笑みを浮かべてきた。

「冴島野乃《のの》。ちゃんと覚えてるぞ」

「――ほっ。自分で聞いておきながらめちゃくちゃ不安だったよ～」

じゃあ聞かなきゃいいのに……とも思ったが、モヤモヤするよりは聞いたほうがスッキリさせたほうがいいか。そして俺のお隣さんも、モヤモヤを解消したいのか『私は？』とふすふす鼻を鳴らしながら聞いてくる。

「小日向明日香だろ？」

お前の相方が下の名前で呼んでいるし、俺は名字で呼んでいるのだから嫌でも覚えるわ。

まぁそうでなかったとしても、これだけ関わりが深くなっているのだし、忘れるほうが難しいと思うぞ。

アルバムを見て休憩してから、勉強再開。

勉強とは言っても、小日向に関しては現状把握に時間を割いたので勉強らしい勉強はしていない。全教科の理解度を確かめるだけで終了してしまった。

そしてあまり遅い時間に女子二人を歩かせると相手の親も不安だろうし、日が沈む前に解散することとなった。俺が女子の家に行くという立場だったらもう少し遅くまで勉強することも可能だったと思うけど……一人暮らしは俺だけなので仕方ない。というか、女子の家だと俺が落ち着かないだろうし。

冴島がイレブンマートに寄って帰りたいとのことだったので、三人でまず小日向の家に向かう。男の付き添いが必要なほど暗くはなかったのだけど、飲み物のストックが少なくなってきていたので、送るついでに補充しておこうという作戦だ。

小日向を送り届けてから冴島と二人でコンビニに入り、目的の一・五リットルのお茶を購入。それと同時に、冴島もアイスのカフェオレを購入した。

「……いやいや、イレブンマートに用事って――まさかそれだけか？」

「へっへっへ～、実はここに用事ないんだよね！　というわけで、公園に行こーっ！」

そう言って冴島は空いた片手を空に掲げ、まるで今から遊び始めるかのようなテンションで盛り上がり始める。お前の元気は無尽蔵か。俺は小日向に勉強を教えたことでそれなりに疲れてるんだけども。

「今から公園行ってなにするつもりだ？」

特に予定があるわけでもないので、俺は断ることはせず公園に向かって歩く冴島についていく。

「もちろんお話だよ〜。男女が夜の公園に行くんだったら、それぐらいしか理由ないでしょ！」

「知らねーよ……小日向に内緒にしたい話なんだろうけど、電話でもいいんじゃないか？お前の親、心配しない？」

「大丈夫大丈夫〜。まだ外真っ暗じゃないし、友達の家で遊んでるって言ってるから」

「ふーん……まぁいいけど。何か俺に聞きたいことがある感じか？」

「そんなとこっ！」

もし小日向の存在が無かったとしたら、たぶん俺は「もしかして、俺に気があるのでは!?」などと考えていたかも——いや、それはないか。現にいまだって、俺は彼女の話の内容を景一に関しての恋愛相談だと考えているのだし。

はてさて、いったい俺はどんな話をされてしまうのやら。

コンビニから歩くこと三分ほど。

俺と冴島は住宅街の中にぽつんとある小さな公園にやってきた。遊具も多くないし、あまり広くないから大人数で遊ぶこともできない。小さい子ばかり見かけるような地元密着型の遊び場だ。

空は家を出たときよりも暗くなってきていて、公園内には犬を散歩しているおじいちゃんが一人いるだけ。冴島は「犬飼いたいなぁ」と心の声を駄々《だだ》漏れにしながら、空いたベンチに腰掛ける。そして空いた場所に座るよう促してきた。

お茶の入ったビニールを空いたスペースに置いて一息つくと、さっそく冴島が話題を振ってくる。

「ちっちゃい頃はよく明日香とここで遊んでたんだよ」

「二人とも家が近いもんな。そういえば冴島と小日向っていつから仲が良いんだ？」

「小学校三年のころだね。幼稚園は別だったし、一、二年のころは接点なかったから」

ほう……となると、小学校五年になってから遊ぶようになった俺や景一たちよりも、長い付き合いなのか。

小さい頃の二人はどんな感じだったんだろうなぁと想像を膨らませる。俺が黙っていたら冴島が勝手に話すだろうと思っていたのだが、その予想に反して冴島は次の言葉を発しない。

ちらっと横を見てみると、彼女は懐かしむように公園の中心部に目を向けていた。

「……冴島？」

名前を呼んでみる。すると彼女はこちらに顔を向けて、苦笑いを浮かべた。

「その頃の私ってすごく臆病でさ、人とうまく喋《しゃべ》れなくて、ひとりも友達がいなかったんだよ。ママやパパに心配かけたくなくて、いっつも友達作らなきゃ友達作らなきゃって考えてて、でもどう話しかけていいかもわからなくて、ずっとひとりぼっち」

自嘲するようにそう話す冴島の視線は、再び公園の隅にある一本の木に向けられている。もしかしたら過去にあの場所で、冴島はひとりぼつんと立っていたのかもしれない。

「へぇ……まったく想像できんなぁ。冴島は『いつの間にか友達になっちゃってました！』って言いそうな雰囲気だし」

彼女がここに俺を連れてきた理由は未《いま》だ摑《つか》めないが、取《と》り敢《あ》えず俺は流れに逆らうことなく話を進めた。

「あははっ！　たしかに今はそうかもね！　でもあの時はたぶん、自分に自信が無かったんだと思う。で、そんなひとりぼっちの私を救ってくれたのが小日向明日香ちゃんなのですっ！　はいパチパチッ！」

「あ、はい」

俺は冴島に言われるがまま、拍手をする。

なんというか、俺が思っていたのと真逆なんだな。

俺はてっきり、一人でいる小日向に冴島が声を掛けたのだとばかり思っていたけど……小日向は小さい頃からあまり喋らなかったらしいし、友達が少なくても不思議はないと考えていたから。

「ふふっ、その顔は『逆だと思ってた』っていう顔だね！」

「お前はエスパーか」

「まぁ本当はこの話を聞いた人が全員その感想だったからなんだけどね！」

すごいと思って損した気分である。まぁそれはどうでもいいんだけども。

さっきまでの神妙な雰囲気を感じさせない、普段の冴島に安堵《あんど》していると、彼女は笑顔で空を見上げながら再度口を開いた。

「明日香はね。いまも昔もすごく人気者。小学生の頃は周りと身長差があまりなかったから、スポーツは飛びぬけて上手《うま》かったし、男の子にも女の子にも大人気だったんだよ――

って、それは今も変わらないね」

「ははっ、それはたしかに言えてる」

小日向のちっちゃい頃なんて……それこそ天使だろう。俺も機会があったら、彼女の昔のアルバムを見てみたいものだ。

「明日香は私と違って友達もたくさんいた。だけど、中学三年の時に例の件で表情が無くなっちゃってから、みんな離れて行っちゃったの。でも、それは決して薄情って感じではなくて、腫物を触るような態度になってしまったというか……みんな、どう接していいのか分からなかったんだと思う」

「無理もないな」

父親を失ってしまった同級生に、どうやって声を掛けるかなど……大人になってもきっと難しいだろう。さらに、小日向は喋ることがほとんどないという特徴があったから、無表情になったことでよりいっそう考えがわかりづらくなってしまったのだと思う。

俺が頷《うなず》くと、冴島は再び口を開いた。俺に配慮した、ゆっくりとしたペースで。

「だから、今度は私が明日香を救おうと思った。大切な友達だし、助けられた恩もあるし、何よりも、明日香は笑った顔がめちゃくちゃ可愛《かわい》いからね！」

小日向の笑顔……ねぇ。そりゃ一部の人間が見たら卒倒間違いなしだろう。ＫＣＣとか。

「そこで、本題」

冴島は唐突に話を区切って、俺の顔を見た。

「智樹くんって、唐草くんや御門くん、不知火くんたちのことをどう思ってるの？」

「どうって……そりゃ友達だけど」

そう答えたのだけど、どうやら俺の回答は冴島が求めていたものとは違っていたようで、彼女は首を横に振った。

「私は明日香に、そして唐草くんたちは杉野くんに。どちらも助けられた過去があるじゃない？　今は立場が逆になって私は明日香を守ろうとしているし、助けたいと思ってるんだけど、迷惑なのかな？」

……なるほど。これが二人で話したかった内容か。たしかに小日向がいる状況では聞きづらい話だ。しかし、これに関しては明確な回答は難しいんだよなぁ。

「俺の場合、で良いんだよな？」

「うん」

「了解。まず結論から言うと、迷惑じゃない。むしろありがたいと思ってるよ。だけど、別に景一たちに俺を助ける義務はないし、なにかの足かせになってるのなら止《や》めるべきだと思う」

嬉《うれ》しいけれど、同時に罪悪感もあるからな。

「でもなぁ……これって結局本人たちの意思だろ？　となると、俺があいつらにできることといえば、早急にこの体質を治すこと——なんだけど、急《せ》かされてたら本末転倒じゃね？　とも思ったりして、結局惰性でだらだらときちゃってる」

「必要ない」といったところで、あいつらはヘラヘラと笑いながら俺を助けてくれるからな。

俺の言葉を受けて、冴島は顎に手をあて、ふむと考える仕草をする。

「でも、恩返しなんだし、素直に厚意を受け取ってもいいんじゃない？」

「別に恩返しされたくてやったわけじゃないからな。俺が勝手に動いて勝手にダメージを受けた。だからあいつらも、俺の言葉なんか気にせず勝手に動いてるんだろうよ。だからあいつらが急に俺を守らなくなったとしても、別になんとも思わん。それは俺が決めることじゃなくて、あいつらの自由だからな」

というか、そんなに深く悩まないでほしいと俺は思うのだ。

「もちつもたれつ——お互い助け合っていけばいいんじゃないか。誰かが困ってる時に、誰かが助けてやりゃいい。友達ってのは、そういうもんだろ？」

小日向に冴島がいたように、俺には景一たちがいた。

もちろん他にも助けようとしてくれた人はいたけれど、その中でたまたま気が合ったのがあいつらだったって話だ。

他の奴《やつ》らが薄情だなんて思ったことは一度もない。

俺の出した答えを聞いて、冴島は小さく「そっか」と言葉を漏らす。

彼女もきっといろいろと考えてきたのだろう。数年経《た》ったいまでも思い悩むぐらいだ――夜も眠れない日があったかもしれない。だけどそれは俺には想像できない範囲であり、部外者がつっこむべきではない領域だと思う。

「まぁなんだ……そのことに関しては深く悩まなくていい思うぞ。それよりも、まずはあの勉強嫌いのウサギさんをどうにかすることを考えてくれ。あいつにいま必要なのは友人の助けだけど、正確に言うと学力だ。みんなあいつを甘やかしすぎなんだよ」

甘やかしたい気持ちは痛いほどわかるけど、度が過ぎればあいつの為《ため》にならん。そして俺も彼女を甘やかしてしまうことがあるから、この言葉は自分に言い聞かせてもいる。

「ふふっ、明日香に対してそんなこと言うの、杉野くんだけだよ」

喜んでいいのかどうか、微妙な発言だな。

翌日の火曜日。

学校終えた俺たちは、コンビニで各自飲み物やらおやつを買ったのち、マンションにやってきた。やることと言えば昨日と同じで勉強のみ。だけど今回は景一がメンバーに加わっているから、俺としてはかなり気が楽だ。

昨日は小日向の現状を知るために時間を使ったから、今日はさっそく試験で点数を取るための勉強に取り掛からないとなぁ。小日向の集中力が続くことを祈るばかりである。

「小日向は書いて覚える派？　それとも見て覚える派？」

『書く』

「了解――じゃあさっそく書くぞ。テストに出そうなところは付箋を貼っておいたから、俺のノート見ながら書き写していこうか」

「………………」

「その下唇引っ込めなさい」

と、そんなやりとりをしてから、勉強会はスタートした。

冴島と景一は、俺たちと向かい合うような形で横並びに座っていて、俺の正面には景一がいるような状態である。この二人は必要最低限の会話をぽつぽつとしているが、視線は常にノートや教科書に向かっている。

昨日勉強会をしてみたところ、冴島はメリハリのある感じだったし、集中する時はしっかりとできるタイプなのだろう。景一も似たようなもんだし、ますますお似合いの二人だな。

こいつらこのまま付き合ったりすんのかなぁとぼんやり考えながら、俺もバッグからプリントを取り出して、小日向と同じ範囲の復習をしようとしていると、小日向がツンツンと俺の右ひじをつついてきた。

「どうした？　どこかわからないところある？」

現在勉強中なのは日本史だから、数学みたいに特に悩むような場所は無いと思うけど……。

『杉野、字、綺麗《きれい》』

ふすふすと鼻を鳴らして、小日向は俺のノートを指さす。勉強関係ないですやん。

まぁ褒められて悪い気はしないし……まだ始めたばかりだから注意するまでもないか。

「そりゃどうも。小日向の字は丸っこくて可愛いな」

「…………（ふすー）」

満足そうである。その自慢げな仕草は、文字よりもはるかに可愛い。

よし、では気を取り直して勉強を始めよう――と思ったところで、小日向が再度つついていくる。今度はなんだろうか？

ペシペシとペンでノートを叩《たた》いているようなので、その場所に目を向けてみる。

するとと小日向が指し示すノートの上にある余白には、俺の名前がフルネームで書かれていた。なんでだろうか……小日向が書いた文字だと、俺の名前が凄《すご》く特別なもののように見えてくる。

で、俺がその場所に目を向けている間に、小日向はスマホをポチポチ。

『杉野も書いて』

「自分の名前を？」

『私の』

「……これ書いたら、ちゃんと勉強するんだぞ？」

「………（コクコク）」

怒る気が失《う》せてしまうような元気のいい頷きだ。

まぁ名前を書くなんて十秒程度で終わるし、断って機嫌を損ねるほうが怖い。

そう思って、プリントの裏に小日向の名前を書こうとしたところ、小日向がペチペチと肩を叩いてくる。そして、自分のノートをペチペチと叩き、俺のほうへスライドさせてきた。

「ん？　こっちに書くの？」

「…………（コクコク）」

「まぁいいけど……なんか恥ずかしいから、他の人には見せないようにな？」

「…………（コクコク）」

ならば契約成立である。わずかな時間を犠牲に小日向が勉強に取り組んでくれるのなら安い物だ。俺はささっと小日向のノートに『小日向明日香』という文字を書き、小日向に見せる。

すると、彼女はノートを手に持ってまじまじと俺の書いた自分の名前を見つめていた。

もしかすると、小日向も俺と同じような気分になっているのかもしれない。

お互いの名前を書きあうなんて仲良しでもあまりやらない気がするんだが……どうなんだろう？　満足そうな小日向から視線を外し、正面にいる二人に目を向ける。

ニヤニヤしていた。すごく。

「あ、俺たちのことはいないと思ってもらっていいんで。続けてください」

「なんだかのぼせちゃいそうだよねぇ」

うるさいよ二人とも……あと景一、敬語を使って距離を取るのはやめろ。

まぁ勉強している彼らよりも、俺たちのほうが明らかに集中できていないので、反論はせずに「勉強するわ」と口にしてから、深くため息を吐《つ》いた。

すると、また小日向がツンツンと肩をつついてくる。

「……今度はなんだよ」

『小っていう字がわからなくなった』

どうやら俺の書いた自分の名前を見つめ過ぎたらしく、ゲシュタルト崩壊を起こしてしまっているようだ。本当にこいつは……。

「……小の字はもういいから、試験勉強しような」

「…………（コクコク）」

その場では頷《うなず》いてくれた小日向だったが、結局勉強会が終わるまでの間、彼女は十分置きぐらいに首を傾《かし》げながら『小』の字をノートの隅に書き続けるのだった。

☆　☆　☆　☆

翌日の水曜日も、全員用事はなく四人で勉強会をすることができた。

そして本日木曜日から景一たちがいないので、俺と小日向の二人で勉強会をすることになる。

集中するという意味ではいいのかもしれないけど、女子と二人きりっていうのがなぁ……相手が小日向であることは果たして幸か不幸か。

「あまり勉強しろしろ言いたくはないけどさ、お前自分の状況理解してんのかぁ？　今日も授業中落書きしてたんだろ？」

「…………」

ぷいっと顔を逸《そ》らされてしまった。

表面上反抗的な態度をとっているようだが、そっと胡坐《あぐら》をかく俺の膝の上にアメを置いて買収しようとしている。俺じゃなかったら堕《お》ちてたぞ。

まぁ小日向もいつもよりは集中力を保っていて、三十分ぐらいはまじめに授業を受けていたらしい。俺の席からは見えにくいので、景一に教えてもらったのだけど。

「まぁまぁ。小日向が遊び出したのは先生が『あとは自習な』って言った後みたいだったし……その分智樹がみっちり指導してあげればいーじゃん。小日向も、頑張ろうとはしてるみたいだしさ」

「まぁそうだけども」

軽いため息を吐きつつ小日向を見てみる。アメを追加された。

「はいはい。だけど実際、本当に時間が足んないんだよな……あまり小日向を遅くまで俺の家に留《とど》めておくわけにもいかないし、かといって授業の合間の休み時間とか、昼休みを使ってまで勉強しようとしたら間違いなく小日向が爆発する」

つまり、休憩も含めて時間が必要なわけだ。休憩の時間を勉強にあててしまったら、小日向の集中力が持たずかえって非効率的である。

なにかいい方法はないもんか……そう頭を悩ませていると、小日向がペチペチと俺の膝を叩いてきた。そして、こちらにスマホの画面を向けてくる。

『私の家』

「ほ、ほう……小日向の家が使えるのなら、そりゃそっちのほうが時間は取れるだろうけど……お前の家族は大丈夫なのか？」

『たぶん』

「なるほど。じゃあ小日向の家の人からオッケーが出たら『大丈夫だって』——展開速いなぁ⁉」

もうちょっと段階を踏んでくれないと俺はそのスピード感についていけないんだが。

そんなわけで、小日向の家で勉強することになりましたとさ。

体育祭の実行委員である『お前らもう付き合っちゃえよ』筆頭の景一と冴島は、放課後に俺たちと別れた。二人ともニヤニヤしながらこちらを見送っていたので、俺も思いっきりニヤニヤしてやった。小日向は俺に頭突きをしていた。

まぁそれはいいとして。

校舎を出たところで小日向に小指を摑《つか》まれた俺は、そのまま連れ去られるように彼女の家に向かったのだけど、どうやら彼女の姉や母親は不在らしい。やべぇ二人きりじゃん――と言いたいところだが、そういうのは中間試験を無事に通過したあとにしてほしい。いやマジで。

以前小日向の家にはやって来たことがあったから、彼女の家に来るのはこれで二度目である。そして、寝室に入るのはこれが初めてだ。

少しの間リビングで待機させられ、小日向に指を引かれて彼女の部屋に案内された。

「お、おぉ……女の子の部屋だ」

この世に生を受けて十六年――初めての経験である。

もしかしたら記憶のない幼少期にそんなことがあったのかもしれないが、少なくとも今の俺は思い出すことができない。っていうか、たぶんない。

小日向の部屋は、全体的に淡い色の家具で揃《そろ》えられていた。部屋の中心に置かれた丸テーブルは白いし、その下に敷かれたラグもベージュ。デスクやチェストは薄い色合いの木材を使用しているし、布団やらカーテンも薄いピンクだ。

どこに座ればいいのかわからなかったので、とりあえず小日向の指示を待つことにする。

これが景一の家ならばどこでも好きなところに座るのだけど、相手がクラスメイトの女子ともなれば当然対応は変わってくるのだ。

そして俺を部屋に招き入れた小日向は、布団をペチペチと叩いた。

「まさかそこに座れとか言ってる？」

「………………（コクコク）」

「女子って男に布団とか触られるの嫌がる印象なんだけど」

『杉野は許可』

いや許可されてもさぁ……普通に恥ずかしいし緊張してしまうんだが。

とりあえず、言い訳も兼ねて「そこじゃ勉強できないし、テーブルの前に座るぞ」と言ってみたのだけど、小日向に腕を引っ張られてしまい、結局俺はベッドに腰を下ろすことになった。本気で抵抗しないあたり、俺も小日向に甘いよなぁ。

ふすふすと楽し気な鼻息を吐いた小日向は、クローゼットから大きな本を一冊取りだして俺の膝の上に置く。そして、小日向自身も俺の隣に座った。距離、ゼロです。

「小学校のアルバム？」

「………………（コクコク）」

「見ていいのか？」

「………（コクコク）」

まぁ俺の膝の上に持ってきた時点でそれ以外考えられないのだけど、念のためね。

小日向に促されるまま、俺はペラペラとページをめくった。勉強しなきゃいけないのは分かってるんだが、五分ぐらいなら大差ないだろう。

んー……これは遠足の時の写真かな？　知ってる人はあまりいな――っ。

「……小日向、いるじゃん」

ページのど真ん中、十人ぐらいが集まっている写真の中央には、腰に両手をあてて堂々と胸を張っている小日向がいた。目尻にしわを寄せ、頬《ほお》と口角を限界まで持ちあげた、満面の笑みの小日向が。

「可愛《かわい》いな」

隣に本人がいることも忘れて、俺はそう呟《つぶや》いた。

それはきっと、冴島が俺たちのアルバムを見たときに感じたものと同種のものだ。しかしそれを判断するのは俺ではなく、隣で聞いた小日向である。

彼女はおもむろにベッドから立ち上がると、写真と同じように仁王立ちのポーズで俺の前に立った。笑顔の代わりに、ふんすーと強い鼻息を吐く。

「ははっ、可愛い可愛い」

暗い気持ちになるでもなく、彼女はただただ楽しそうだった。

笑みを浮かべずとも、楽しい気持ちなんていくらでも伝わってくるもんだ。だから小日向さん、グリグリの勢いで俺をベッドに押し倒さないでくれませんかねぇ!?

一通りアルバムを眺め、知ってる顔を見つけては小日向と少し話したりして、十五分が経過。このままだらだらと過ごしていては、小日向の家にただ遊びに来ただけになってしまう。

俺は小日向の許可をとらずにベッドから降り、テーブルの前であぐらをかいてバッグからノートを取りだした。

が、しかし。

「……え？　トロフィー？」

「…………（コクコク）」

小日向がどこからか文庫本サイズほどの金ピカなトロフィーを持ってきたので、そちらに気をとられてしまった。台座部分に書かれている文字を読んでみると、どうやら町内のボウリング大会で優勝した時にもらったらしい。日付を見ると、五年前である。

小日向は昔からボウリングが上手《うま》かったんだなぁとほのぼのしていると、次はまん丸なウサギのぬいぐるみを持ってきた。身体《からだ》はバレーボールぐらいのサイズなのに、手と足はピンポン玉サイズである。可愛い。

「可愛いな」

率直な感想を漏らすと、小日向は楽しそうに身体を揺らしてから、そのぬいぐるみをテーブルの上に設置。そしてまた次のアイテムを取りに――、

「っておい！　お前勉強したくないからお部屋紹介しようとしてるだろ！」

俺の言葉にビクリと身体を震わせた小日向は、俺に背を向けたまま、首だけ動かしてこちらをちらり。目が合うと、すぐに逸らされてしまった。

「勉強しないなら帰っちゃうぞ～。今日は勉強会が目的だからな」

そんな風に声を掛けると、小日向は不承不承と言った様子でテコテコとやってきて、俺の隣にピタリと密着して座る。

「普通は向かいに座ると思うんだけど」

「…………（ブンブン）」

「そこで集中できる？」

「…………（コクコク）」

それならまぁ……いいのか？　あれ？　なんだか俺も小日向のせいで感覚がバグってき

ているような気がしてきたぞ。

小日向の隣で勉強することに関して、これは意外と成功だった。

景一たちがいる時も隣に座っていたからというのもあるけど、今回は小日向の勉強が主体であり、俺は彼女に教えながら自身の復習をするという形なので、同じ視線でノートや教科書を見ていると非常にやりやすい。

なにより、小日向が脱走しようとしてもすぐに捕まえられるからな。

隙あらば逃避しようとする小日向と一緒に勉強して、時刻は六時半を過ぎた。

小日向家的には何時までいてもいいということらしいが、さすがにあまり遅くまでいては迷惑になるだろう。かといってあまりに早く帰ったのであれば、彼女の家で勉強している意味がない。

「静香さんとかお前のお母さんはいつ帰ってくるんだっけ？」

『お姉ちゃんはバラバラ。ママは八時ぐらい？』

ふむ……小日向家の帰宅時間はあまり定まっていないようだ。まぁ大学生と仕事をしている人だし、それも仕方ないか。

と、そんな話をしていると、一階から扉がガチャリと開く音がした。それに続いて「ただーいま～」と気が抜けたようで元気な声が聞こえてきた。どうやら、姉の静香さんが帰宅したらしい。

「静香さんだよな？」

「…………（コクコク）」

小日向に確認をとってから、俺はしばらく階下から聞こえる音に耳を傾けることにした。あの人のことだ。前情報と玄関にある靴を見れば、間違いなくこの部屋にやってくるだろう。

そして、その予想は的中した。静香さんが帰宅して数分後、部屋の入口の扉がコンコンとノックされる。

本来なら小日向が返事をするのだろうけど、彼女は少なくとも俺の前では喋《しゃべ》らない。そんなわけで、代わりに俺が「どうぞ」と返事をすることにした。

「……今夜はお楽しみですね」

「違《ちげ》ぇよっ――じゃなくて、違います。そもそも俺は帰ります。というかその半開きで顔だけ覗《のぞ》かせるの普通にホラーなんで止《や》めてください」

「あっはっはー！　ごめんごめん、おみやげにお菓子買ってきたよ！　でも夕食前だから、ちょっとだけにしときなよ～ママが怒るからね～」

「だってよ小日向」

「…………（コクコク）」

ぴったりと俺にくっついている小日向は、その光景を姉に見られているわけだが、本人は恥ずかしがる様子はなく、静香さんは静香さんでなにやら優しい目でこちらを見ていた。もしかしたらこの光景も、静香さんは昔見たことがあるのかもしれない。その時に俺がいた場所には、きっと小日向の父親がいたのだろう。

「勉強は順調そう？」

静香さんはそうやって、小日向ではなく俺に聞いてきた。その判断は正しいと思う。

「はい。時間としては結構ギリギリなので、こうしてお邪魔しているわけですが……平均点まで上げられるかは五分五分ですかね。赤点は回避できそうですけど」

「おー！　それはひと安心！　あ、二人ともまだ勉強するのよね？　智樹くん、ママが会いたがってたから、良かったら顔合わせしておいてね～」

「それはいいですけど、その時間まで俺がいて大丈夫ですか？」

「もちろんオッケー」

静香さんはそう返答すると、「勉強頑張ってね～」という言葉を残して扉を閉めた。

小日向のお母さんに遭遇することはもちろん想定していたけれど、いざその時間が迫ってくるとなると緊張するな——いやしかし！　俺がいますべきことは小日向の学力向上だ。

せっかく時間の余裕ができたのだから、この時間を有効活用しない手はないのだ。

小日向のお母さんに関しては、バイトの接客経験のおかげで年上の人と接する機会はわりと多いし、無難に乗り切ることは可能だろう。

「よし、続きをやるぞ小日向。中間試験が終わるまでの辛抱だ。ちゃんと勉強できたらなんでもするから、今は耐えてくれ」

そう言うと、小日向はコクリと頷《うなず》く。昼では不満を表明しているけれど、頑張ろうという意思はしっかりとあるようだ。

小日向との関係を家族に認めてもらうために、俺も頑張らねばなるまい！

——ってこれ、ただのクラスメイトが考えることじゃないような気が……。

合間に十五分ほどの休憩を挟みつつ、俺たちはみっちり八時まで勉強した。

小日向が覚えてくれるペースが速いこともあり、俺が想定していたよりも進捗は良かった。八時ピッタリになったところで小日向は即座にペンを置いたので、苦笑しながら俺も教科書を閉じた。

「じゃあ今日はここまでにしようか。小日向のお母さんが帰ってくるまで、のんびりしよう」

俺がそう言っている間にも、小日向はてきぱきと勉強道具を片付けていく。その素早さを準備の時にも活用してほしいものだ。

テーブルの上から学習に必要なモノが無くなると、小日向はぐっと背伸びをしてから俺の肩にもたれかかってくる。迫りくる側頭部を避けつつ、俺は脱力しきっている彼女が後ろに倒れないよう、背中に手を回した。

「いまさらだけどさ、他の男子にそういうことしないほうがいいぞ？　というか、本来なら俺にもするべきじゃない」

『杉野にしかしてない』

「ならいいけど……いや、いいのか？」

『いい』

いいらしい。もう少し自問自答したほうがいいような気もするけど、俺も人に勉強を教えたことで少し疲れてしまった。余った脳のキャパシティは、間もなく帰宅するであろう小日向のお母さんについてに使わせてもらおう。

「お母さんには俺のことどういう風に伝えてるの？」

そう聞いてみると、小日向は人差し指を口に当てて考える仕草をする。思い出そうとしているぐらいなのだから、あまり変な伝えかたはしていないと思うんだけど、どうだろう。

『パパみたいな人』

「……そりゃまたハードルが高いなぁ」

それって小日向のお母さんにとっては結婚相手なんだよなぁ。娘からそんな話を聞いたら、そりゃ会いたくもなるわ。せめてガッカリされないようにしたいところである。

スリスリと頭を肩にこすりつけてくる小日向を見て和んでいると、ついにその時が来た。

静香さんが帰ってきたとき同様、扉が開く音と、「ただいま～」という聞き覚えのない声が聞こえてくる。

「さてさて……じゃあ挨拶をして帰ろうか。もう八時過ぎだし」

そう言って立ち上がると、小日向も俺と一緒に立つ。そしてスマホを俺に見せてきた。

『勉強教えてくれてありがと』

「いいよ。俺も復習になるから結果的に点数は伸びるだろうし」

それに落ち込んでいる姿よりも、楽しそうな小日向が見たいからな——とは、さすがに恥ずかしくて口にできなかった。小日向なら恋愛的意味に捉えないだろうから、他の同級生よりは言いやすいのだけども。

小日向と一緒に階段を下りると、リビングには静香さんと小日向のお母さんらしき人の姿があった。小日向に似て小さい——けれど、小日向ほどではなく、たぶん百五十センチそこらだろう。

身に着けているのはスーツではなく私服だけど、俺たちや静香さんにはない、大人の女性っぽい雰囲気がある。ダイニングチェアにバッグを置いて、帰宅してそのまま静香さんと話していたようだ。

「あらもう帰っちゃうの？　初めまして智樹くん——明日香の母親の唯香《ゆいか》です」

小日向の母親——唯香さんは、俺の姿を視界に入れると、すぐさまそんな風に声を掛けてきた。

ニコリと笑った表情も、ほんの少しだけ頭を傾ける仕草も、何もかもが柔らかい雰囲気の人だなぁ。

「ご存知《ぞんじ》だと思いますが、明日香さんと同じクラスの杉野智樹です。遅くまでお邪魔しちゃってすみません」

「いいのいいの〜。夕食はどうする？　うちで食べていく？」

「あ、い、いや、もう準備しちゃってるので、お気持ちだけいただいておきます」

嘘《うそ》だ。本当は冷食のチャーハンを作って食べるつもりだった。

ただでさえ緊張しているという状況なのに、相手が女性三人——しかもクラスメイトの姉と母親という状況なのだ。きっとどれだけ美味《おい》しい料理がでてきたとしても、俺の味覚は正常に仕事をしてくれないだろう。

俺の言葉を聞いて、唯香さんは「あらそう？　残念」と頰《ほお》に手をあてながら口にする。

「機会があれば智樹くんとはゆっくりお話ししたいわぁ。どうする？　泊まっていく？」

「……泊まりませんよ」

夕飯断ったあとに泊まりを了承するとでも思ってんのかこの人は……なんというか、小日向家だなぁ。嫌われているわけではないから悪い気はしないのだけど、物事には順序というものがあるでしょうが。いや、順序通りに進んだからといって気軽に了承できる話ではないのだけども。

『泊まってく？』

「だから泊まらないって――お前はそんなことよりも勉強だ。一に勉強二に勉強、三四も勉強で五も勉強だ」

俺がそう言うと、小日向はむすっとした表情で俺の腰をペチペチと叩《たた》いてくる。スキンシップが日常化してしまって、だんだん彼女の行動に違和感を覚えなくなってしまってるんだよなぁ。一ヶ月前の俺に「女子からボディタッチされまくるのが日常になる」と言ったら、間違いなく鼻で笑われただろうな。

第四章　ご機嫌斜めな小日向《こひなた》さん

翌日の金曜日。

いつも通りの時間に登校して、小日向や景一《けいいち》が来るまでの間、机に突っ伏してだらけていた。机がひんやりして気持ちいい。

新しいクラスになって一ヶ月が過ぎたが、俺が見る限りクラスの中に孤立しているような人はいないし、グループもある程度出来上がっているようだが、そのグループ同士も仲が良い。実に平和なクラスである。

基本的に景一とばかりつるんでいる俺にも、「おはよう」や「また明日」と声を掛けてくれるし、男子には俺からも普通に挨拶している。女子はまだ荷が重いから勘弁してほしい。

そんな風に平凡な日常を楽しんでいる俺だけど、今日はいつもと違うイベントが起きた。

教室後方の出入り口――そこから、知り合いの女子が俺を訪ねてやってきたのだ。

「ごきげんよう杉野《すぎの》くん！　スケッチブックは必要かしら？」

やってきた女子は、小学校からの知り合い――というか、俺がトラウマになった事件に関わっていた人物であり、中学の頃は俺に土下座しそうな勢いで謝罪して、それがさらに恐喝騒ぎになってしまったというなんとも濃い関係の女子だ。

ブラウンベージュの長い髪には緩やかなパーマが掛かっており、ちょっと吊《つ》り目なところが彼女の性格にとてもお似合いである。ちなみに以前「この吊り目がチャームポイントなのですわ！」と本人から聞かされた。

「いらん――綾香《あやか》は誰かに用事？」

「もちろん、あなたに決まってますわぁ！」

「相変わらずテンション高いなぁお前……」

彼女がこうしてスケッチブックを持ってきているのは、この画用紙が小日向が使っているスマホのような役割を果たしているからだ。彼女の場合、喋《しゃべ》ることが苦手なわけじゃなく、俺に配慮してのことなんだけども。

しかし彼女はいったい何の用事でやってきたんだろうか。

俺は綾香と険悪というわけでもなければ、すごく仲が良いというわけでもない。

高校に入学して間もない頃に「教科書を貸してくださいましっ！」とやってきたことはあったけど、お互いに新しい友人ができたあとは特に音沙汰はない。廊下ですれ違ったら、挨拶を交わす程度だ。

ちなみにお嬢様口調ではあるけど、別に家がめちゃくちゃ金持ちってわけじゃないと本人から聞いている。単なる趣味らしい。

「あなたが女の子と休日にお出かけするほど回復しているという噂《うわさ》を聞きつけましたのよ！　それで、小日向さんとはどこまで進んだのかしら？」

鼻息は荒くし、前のめりになって綾香が問いかけてきた。女子ってこういう色恋沙汰の話題、本当に好きだよなぁ。

「進むもなにもねぇって……。綾香ならわかるだろうけど、喋らない小日向と俺は相性が良かっただけの話だって」

「え？　身体《からだ》の相性がですの？」

「下ネタやめろ」

ジト目でツッコみを入れると、綾香は口に手をあてて「おほほ」と上品に笑う。そして、その笑顔は徐々に柔らかいものに変化していった。

「でも杉野くん、本当に良かったですわ。こうして私と喋っても辛《つら》そうに見えないですし、もっとわたくしたちが協力してあげられたら良かったのですけど……」

「だから、そういうのはやめろって何度も言っただろ？　別にあの時のクラスメイトを恨んでるわけじゃないから。むしろ女子からアレコレ世話を焼かれたら俺が罪悪感で潰れる」

「――ですがっ！　もしわたくしたちの力が必要になったら、いつでも呼んでくださいましっ！　男子でも女子でも、当時同じクラスだった生徒は誰でもあなたのもとへ駆けつけますわ！」

「綾香は大袈裟《おおげさ》なんだよなぁ……」

苦笑しながら、そんな言葉を漏らす。

しかし大袈裟とは言っても、本当に実現しそうな気もするからちょっと怖い。ＫＣＣという団体を抱えている小日向も、存在に気付けば俺と同じ気持ちになるのだろうか。

そんなことを考えていると、綾香はわざとらしく咳《せき》ばらいをし、俺の耳元に顔を寄せて「ところで」と声を掛けてきた。吐息が耳にあたり、ぞくりとした。

「小日向さんと遊んだ時のツーショットなど、ございませんこと？　実は上司が『さつきエメラルドパークに行った時の写真が欲しい！　欲しいったら欲しい！』と鼻血をまき散らしながら懇願しておりまして」

「お前もＫＣＣかよ！」

というか『鼻血まき散らして』ってなんだ。初めてきいた表現だぞ。

しかも「まったく、しょうがない会長ですわ」と言いながら呆《あき》れたジェスチャーをしている綾香本人の鼻からも、つぅっと赤い液体が漏れ出しているし。人のこと言えないぞお前。

「……本人から了承を得られたらな。それよりも綾香はまずその鼻血をどうにかしろ」

そう言うと彼女は「失礼しました、熱いパトスが漏れ出したようですわ！　おーっほっほ！」という言葉を残して、二年Ｃ組から去っていった。

相変わらず騒がしいやつだ。小日向と会う前の俺だったら、ちょっと鳥肌が立っていたかもしれない。

そしてちょうど綾香と入れ替わりに、景一がキョトンとした表情で教室に入ってくる。

「綾香来てたの？」

そう問いかけながら、景一は通学バッグを机の上に置いて席に座った。

「うん、たぶん俺の様子を見にきたんだろ。あいつもずっと俺のこと気にかけてくれてたし」

俺がそう言うと、景一は納得したような表情を浮かべた。

小学校のころ綾香に泣かされた経験のある景一だが、別にわだかまりが残っているということはない。あの件は中学二年に上がる前に、男女ともに円満解決しているのだ。

俺の抱える女性への苦手意識が、残り香として残っているだけである。そしてその香りも、現在どこかの誰かさんがふすふすと吹き飛ばしているおかげで、いまとなってはほとんど無臭だ。

「なるほど——あれだけ女子と関わらないようにしてた智樹《ともき》が女子と遊ぶようになったんだし、そりゃ気になるよなぁ」

うんうんと頷《うなず》きながら景一は言うと、視線を教室の前方に向けた。そして、首を傾《かし》げる。

「ところで小日向はどうしちゃったの？」

「へ？」

どうしたって、なにが？　そう思いながら景一の視線を追ってみると、いつの間にか小日向は登校していたようで、席について教科書を広げていた。異常な光景を前にして、俺は目を見開き固まってしまう。

まさか小日向が自習——!?　そんなバカな！

景一が訝《いぶか》しむのも無理はない——そう思いながら小日向の後姿を眺めていると、彼女は唐突に机を両手でペチペチと叩き始めた。そして足をじたばたと動かし、全身を使って大きなため息を吐《つ》くと、再び教科書に目を向ける。

いったいなんだろうかあの行動は……もしかして難しい問題でもあったのか？

「ケンカでもしたの？　智樹と小日向がケンカするところはまったく想像できないんだけ

ど……なんかご不満な感じじゃね？」

「……別に何もないけど。普通じゃないことはたしかだな。ちょっと見てくる」

「おう」

景一に声を掛けて立ち上がり、俺は小日向の席まで近づいて見た。小日向は俺がすぐ隣にきても一切反応を示さず、机の上に広げられた教科書とノートに目を向けている。集中しているというよりは、意識しないようにしているような雰囲気だ。

「おはよう小日向、わからない問題でもあるのか？」

小日向が不機嫌になる原因に心当たりがなかったのでそう聞いてみたのだけど、小日向はぷいっと俺から顔を背けた。そして机をペチペチと叩く。

「ん？　もしかしてなにかご不満なのか？」

そう聞いてみると、彼女はゆっくりとこちらに身体を向けた。しかし視線は俺のおへそあたりに向けられており、どうやら俺と視線を合わせないようにしているらしい。

下唇を限界まで突き出した小日向は、上履きの先っちょで俺の上履きを蹴る――いや、つつくと言ったほうが良いような弱さだな。十回ほどつつかれた。

俺の足をツンツンと攻撃した小日向は、ふすーと不満を示すような息を吐いてから、教科書に向き直る。

これは景一の言う通り、ケンカなのだろうか？　心当たりが——いや、まてよ。

もしかして、勉強しろと言い過ぎたのが原因か？　これはお前に言われなくても自分でやるという意思表明なのだろうか？

たしかにこれまでのことを思い返すと、ちょっと俺も言い過ぎたような気がしてきたぞ。

ゴールデンウィークが明けてからというもの、俺はことあるごとに勉強の話題を小日向にしてきたし、ちゃんと勉強しなさいとも言ってきた。

嫌いなことを無理にさせようとし続けてきたから、小日向の堪忍袋の緒がプッツンと切れてしまったのかもしれない。うん、そんな気がしてきた。

「あのなぁ……小日向にとってはありがた迷惑かもしれないけど、成績が落ちたらいろんな人が悲しむんだぞ？　そしてなにより、俺が勉強しろしろって言うのは、お前のためなんだからな？」

説得するように声をかけてみるが、小日向は俺を視界に入れたくないのか、ぷいっと左を向く。

下手に出て「しつこく言い過ぎたよ」と謝ったほうが——とも思うが、小日向の成績のことを考えると、自ら勉強に取り組んでいるこのままのほうが良いような気もするんだよなぁ。しかしこの状況で勉強会をするのも難しいだろうし……。

「……まぁ、ひとりでできるなら頑張ってくれ」

正しい答えなどわからず、そんな言葉を残して俺は小日向の席から離れた。

席に戻って、困惑した様子の景一に「どうだった？」と聞かれた。

「わからん。たぶん勉強しろって言い過ぎたのが原因だと思うんだがな」

「ふーん……そんな感じじゃない気がするけど」

「そんなこと言われても、他に心当たりはないぞ。昨日も俺が帰るときまで普通だったし。その時も『勉強しろ』って言ってむすっとされたから、やっぱり言い過ぎたのかなぁ」

だからやはり、我慢の限界にきたという説が最有力だろう。

きっかけがなかったとしても、溜《た》まりに溜まったうっぷんが溢《あふ》れ出ただけかもしれないし。

「ま、普段やらない自習をしているんだ。小日向の機嫌が戻るまで、そっとしておくことにする。もしもわからないところがあれば、冴島《さえじま》に聞くだろ」

俺は景一にそう言ってから、小日向に目を向ける。カリカリとペンを走らせてはペチペチと机を叩《たた》いていた。もし小日向じゃなかったら『バンバン』と大きな音を立てていたのだろうけど、小日向の小さい手と弱い力では、ペチペチという可愛《かわい》らしい音しか聞こえない。

可愛いなぁと思ってしまう俺は、やはり罪深いのだろうか。

昼休みが訪れるまでの間に、景一経由で冴島に連絡をとり、なぜ小日向がご機嫌斜めなのかを聞いてみた。しかし、冴島は何も知らないとのこと。

それから授業の合間の休憩時間に、景一が小日向に声を掛けてみたのだけど、対応は普段通りだったらしい。というわけで、彼女の怒りの矛先が俺に向いていることがほぼ確定してしまった。

しばらくそっとしておくのが吉かなぁと思って小日向の席には近寄らないようにしていたのだけど、二限後の休み時間に、なんと小日向のほうからこちらに歩み寄ってきた。

「ど、どうした？」

俺と景一の間の通路で立ち止まった小日向は、視線を俺にも景一にも向けずに、棒立ちである。後ろからやってきたクラスメイトの女子が「ちょっと通してね～」と小日向に声を掛けると、小日向はススと俺のほうにスライドしてきた。そして、ノールックで俺の机をペチペチと叩く。

俺が声を掛けても反応が無いので、どうしようかと景一に目配せしていると、小日向はテコテコと俺の背後に移動――今度は肩をペチペチと叩いてきた。右左と交互に叩いているから、きっと太鼓のように両手で叩いているのだろう。

肩たたきのようでもあるけど、おそらく不満を表明しているだけなんだろうなぁ。

いつもの小日向と比べたらそりゃ怒っているようにも見えるのだけど、小学生の頃に激しい言い争いを繰り広げた経験がある俺からすると、もはや甘えているようにしか見えないのだ。それはたぶん、景一も一緒のはず。

しばらく俺の周りを動き回りながらいたるところをペチペチと叩いた小日向は、最後に俺の頰《ほお》を人差し指でつつくと、ふすーとため息を吐いて席に戻っていった。

もちろん異常行動をとっている小日向に目を向ける生徒は俺と景一だけではなく、おそらく教室内にいる過半数の生徒は、談笑しながらもこちらを観察していた。そして俺の勘違いでなければ、他のクラスから小日向の様子を見にきている生徒もいたと思う。

相変わらず、小日向はとんでもない人気者だ。

ちなみに、廊下からは最近よく耳にする「か、会長ーっ!? 副会長ーっ!?」という叫び声が聞こえていた。

昼休みになると、テコテコと小日向が通学バッグを肩に掛けて俺たちのもとにやってきた。そして、視線を明後日《あさって》の方向に向けたまま、俺の机をペチペチ、そして足をツンツン。

ふむ……やはり怒っている様子はあるけれど、無視するという感じではないらしい。

「よし、じゃあ中庭行くか」

そう言って席から立ち上がると、小日向は俺の背後から頭突きをかましてくる。

「ど、どうしました？」

思わず敬語になって問いかける。後ろを振り向くと、小日向は俺の足元に目を向けていて、今度は正面から頭突き。グリグリ無しで、ゴンゴンという感じだ。全然痛くはないけども。

そして頭突きを終えると、擦り寄ってくることはないが超至近距離で小日向は停止。鼻先が俺の胸に付くかつかないかのレベルの距離感である。パーソナルスペースの親密ゾーンという言葉をあざ笑うかのような近さだ。

視線で、景一に助けを求めることにした。

「ははは……仲が良さそうでなにより」

「そうかぁ？　いや、そうだよなぁ……ケンカ中って感じには見えない？」

「んー……痴話ゲンカ？　いちゃいちゃしてる雰囲気しかない」

「………違うんじゃないかなぁ」

傍《はた》から見たらそう見えても仕方なさそうだなぁ。それがわかってしまうから、景一の言葉を強く否定はできなかった。

そんな俺と景一の会話を聞いた小日向は、半歩だけ距離をとって抗議をするように俺の腰やら手やらお腹《なか》をペチペチと叩いた。そしてふんすーと強く息を吐いて、「さっさと行くよ」と言いたげに俺の服をつまんで廊下へ連れ出そうとする。

わからん……俺に怒っているのならこの行動は謎すぎる。

もしかして小日向自身、自分がご機嫌斜めである理由をわかっていないんじゃなかろうか？

冴島と合流し、中庭でいつものようにレジャーシートを広げ、昼食タイムだ。

ご飯を食べながら話す話題はもちろん、小日向の現状について。

「本当に明日香《あすか》ご機嫌斜めだね～。チャットでは普通っぽかったんだけど、やっぱり杉野くんが原因？」

「だろうな……勉強しろって言い過ぎたらしい」

「んー、でもそれは明日香が普段から勉強しないのが悪いんだし、杉野くんは悪くないよ？」

「そうは言ってもなぁ」

普段は俺の隣で弁当を食べている小日向だが、いまは完全に背を向けていた。隣であることはいつも通りなんだけど。

本人がいる前でこうして堂々と話しているのは、正確な原因を探るためでもある。幸い、彼女はこうして一緒に行動すること自体は平気なようだ。しかし俺が少しでも小日向に話しかけると、思いっきり顔を背けられる。動作が大きくて可愛いなんて言ったら、事態を悪化させかねないので口にはできない。

ちなみに原因を冴島や景一が聞こうとしても『なんでもない』という画面を見せられるだけなので、そちらから攻めるのも無理なようだ。

もしかしたら、俺がいるから話しづらいだけなのかもしれない――そう思った俺は、景一に「あとはよろしく」とアイコンタクトをとる。「逃げるな」という視線が返ってきたけど、気付かない振りをして立ち上がり、通学バッグを肩に掛けた。

「じゃあ俺は先に教室に戻っておくから、三人はゆっくりして――うぉあっ⁉」

レジャーシートの上から退散しようとしたところで、小日向が俺の足を抱え込んできた。右わきに俺の右足を抱き込み、その状態のまま「別に何もしてませんよ」とでもいう雰囲気で黙々と弁当を食べている。

これは、先に帰ったらダメということだろうか。そういうことなんだろうなぁ。

「わ、わかった。まだここにいるから放してくれ。このままだと座れん」

ぷいっと顔を背けられた。怒ってるのか甘えてるのか、いったいどっちなんだよ……。

どうしたもんかと苦笑しながら、俺は再び腰を下ろす。

「俺から見た感じ、なんとなく拗《す》ねてる印象があるんだよなぁ……」

「拗ねてる？　杉野くん何かしたの？」

冴島に聞かれて、俺はふむと顎に手をあてる。

いつもと違うところといえば、朝に綾香と話したことぐらいだけど……クラスの女子と話すことも多少はあるし、あの出来事が嫉妬に繋《つな》がるとは思えないのだ。

「いやぁ……小学校のクラスメイトが朝に来たけど、大した話はしてないぞ？　どうやら俺の女性への苦手意識が改善したことを喜んでくれてるみたいだったし、用事もそれだけだったから」

「ふーん……明日香、もしかして杉野くんに対してじゃなくて、昔の知り合いの人に怒ってるの？　杉野くんにひどいことしたから〜って意味でさ。生徒会室に呼び出された時も、明日香怒ってたし」

なるほど……そういう視点もあったか——と思ったが、小日向はプルプルと横に首を振る。これに関してはしっかりと否定したな。

「違うかぁ……あとは嫉妬ってことも考えられるけど、杉野くんって女子とまったく喋《しゃべ》らないってわけじゃないんだよねぇ。っていうか、そもそも私も女子だし。クラスの子とだって喋ったりするでしょ？」

「ほぼ喋らないけど、必要があれば話すかな」

「あとは話を振られたら、智樹はわりと普通に話すよな～。うちのクラスは、智樹相手に集団で寄ってこないし」

　改善傾向があるとはいえ、完治しているわけじゃないからなぁ。綾香もスケッチブックを持参していたぐらいだし、感謝の気持ちと同時に、気を遣わせてしまって申し訳ない気持ちもある。

　本当に、小日向の怒りの原因なんなのだろうか。やっぱり勉強が最有力なのか？

　そんなことを考えていると、小日向は『お前だよ』――とでもいうように、俺の太ももを人差し指でつついてくる。

　さてさて、原因がわからないまま謝るのも意味がないし、どうしたもんかね……。

　ＨＲが終わると、景一と冴島は体育祭の実行委員で学校に居残りだ。

　俺と小日向は家に帰って勉強――と言いたいところだけど、今の状態では一緒に帰っていいのかも怪しいところだ。小日向が拒否したら、大人しくひとりで帰ることとしよう。

と、思っていたのだけど。

絶賛ケンカ中と思われる小日向は、不満の表情こそ浮かべているものの、終礼が終わると俺の傍《そば》にやってきて、半径一メートルから離れようとしない。テコテコと俺の斜め後ろをついてきて、俺が振り返ると思いっきり顔を逸《そ》らす。『だるまさんが転んだ』をしてるわけじゃないんですがね。

さらに小日向は校門から出たところで、俺の横に並ぶ。距離は徐々に近づいていき、手と手がぶつかったタイミングで、俺の小指を握った。

「小日向、俺に怒ってるんだよな？」

もう小日向が何を考えているのかさっぱりだったので、俺は率直に聞いてみることにした。試験前ということを抜きにしても、早く解決するにこしたことはない。ケンカ中の期間が長いよりも、楽しい時間が多いほうがいいに決まっている。

「………（コクコク）」

ついに認めた！　小日向は！　俺に！　怒っているぞ！

しかし理由がわからないんですよね。

やっぱり勉強のことなのだろうか……いやでも、昼休みにその話題を出した時に、小日向は特に反応を示さなかったんだよなぁ。一歩前進した気になっていたが、結局、わからないことには変わりないのか。

「ちなみに何について？」

思いっきり顔を逸らされてしまった。そりゃ怒っている相手に向かって「なんで怒ってんの？」と聞かれたらさらに機嫌悪くなりますよね……。失敗したなぁ。

解決に尽力したいところだが、これ以上悪化するのも怖い。今日のところは諦めることにした。できれば今日と明日で、小日向の怒りが鎮火することを祈ろう。

景一は『嫉妬じゃないか？』と言っていたけど、俺が「勉強しなさい」と言い過ぎて怒っている可能性もまだ残っているので、その手の話題はＮＧ。

女子との会話で何を話していいのかさっぱりなので、この気まずい空気をどうにかすることができない。トークデッキ、用意しておいたほうがいいのかもしれない。

ため息を吐《つ》きそうになるのを堪《こら》えていると、小日向は立ち止まって俺の小指から手を離す。そしてスマホをポチポチ。

『私の名前は小日向明日香』

……？　そんなことはもちろん知っているけれど、いま改めてその事実を伝えることに意味があるのかは不明。俺が首を傾《かし》げると、小日向は下唇を突き出した。

結局、その後は小日向の家に着くまでお互いに無言のまま歩いた。

たまに小日向が俺の存在をたしかめるように小指をニギニギしていたけど、それに対して俺は何も反応しなかった。どう反応していいのか、わからなかったから。何が正解なのか、わからなかったからだ。

「じゃあ、今日は帰るよ。日曜日は勉強会でいいんだよな？」

門扉の前で、俺はそう言うと小日向の手から小指を引き抜き、問いかける。

コクリと頷《うなず》く小日向を確認して、俺は「了解」という簡素な返事をする。

できるだけ笑顔を意識したつもりだけど、残念ながら小日向は俺のお腹あたりに視線を向けていたので、俺の表情を見ていない。

「またな」

反応が無かったので、俺はそう言ってから小日向に背を向けて歩き出す。

明日には全てが解決して、日曜日は四人でしっかりと集中できればいいなぁ。

☆　☆　☆　☆

帰宅し、再度小日向とのことを考えてみたが結局何もわからずじまいだった。勉強する気にもなれなかったので、俺は食事と風呂を済ませると、それからはゲームをして時間を潰すことにした。

しかし、頭の中は小日向のことばかり。まるで恋でもしているかのようだ。

「いやいや、小日向と俺はそういう関係じゃないから」

自分に言い聞かせるように呟《つぶや》いて——はぁ、とため息を吐く。

土日が明けたら、とうとう試験が始まってしまう。試験前日の日曜日はバイトを休むことにしていたので、本当はそこで四人で追い込みをする予定だった。しかしこの状態だと、かなり気まずい雰囲気になってまともに勉強ができるのか不安だ。俺抜きでやってくれてもいいけど、そんなことにはならないだろうし、小日向抜きでも意味がない。

ゲームのコントローラーをテーブルの上に置いて、俺はだらりと仰向《あおむ》けに倒れた。そしてスマホを手に取ったと同時、景一から着信。

「どうした？」

『いやー、智樹元気かなぁと思ってさ。今日小日向と一緒に帰っただろ？　そこで仲直りできた？』

「俺の声で判断してみろ」

『失敗だよなぁ、こりゃ重症ですわ……』

どうやら景一的には俺は重症らしい。普段通りに声を出したつもりだったけど、覇気が足りなかったようだ。テンションの高い綾香を見習わないといけないかもしれない。

「たしかに元気ないかもしれないけどさ、それは落ち込んでるっていうより悩んでるからだ。マジで小日向がなんで怒ってるのかわからないままなんだよ」

尻すぼみになりながらそう口にすると、電話口の向こうからは堪えるような『くくっ』という笑い声が聞こえてくる。人の不幸を笑うんじゃない。

『ちなみに、俺はたぶんわかったぜ。というか俺が状況を説明したら、冴島が気付いてくれたんだ。それを聞いて、俺も「あーなるほど、たしかに」って思ったよ』

「マジかよ……ちなみに教えてくれる気は？」

そう聞くと、景一は『んー』と悩むような言葉を口にする。気になるから早く言ってくれと思っていたら、スマホからチャットの通知音。相手は小日向だった。

「ちょっとタイム！　小日向からチャット来た！」

景一にそう言って、俺は通話をスピーカーに変更してからチャットの画面を開く。小日向から送られて来たのは、ウサギが地面に人差し指で絵を描いている――つまりいじけているスタンプだった。

『小日向は何て言ってるの？』

「いじけてるスタンプ送ってきた……俺はどう返したらいいんだ……」

『そりゃ俺が考えることじゃないなぁ。自分で考えたまえ』

「うっ、そうだよな」

そう言いながら、俺は立ち上がる。うろうろと歩いていた方が良い案が浮かびそうだったので、景一と通話を繋いだままテーブルの周りをぐるぐると歩き始めた。

よし、俺もスタンプで返そう！

そう思い、俺が選んだのは猫がウサギと肩を組んで踊っているスタンプ。仲良くしようぜという意味を込めて送ってみた。

すると、すぐさま返信がくる。内容はウサギが電信柱の陰から猫を覗《のぞ》き見《み》ており、まるでストーカーしているようなスタンプ。どうやら警戒されているらしい。

うーん……これに対してはどう返したらいいんだろうか。もう一度同じスタンプを送ったら、しつこいだろうか？　いやでも、それぐらいしかいい案が浮かばないんだよなぁ。

中間試験の解答よりも、このチャットに対する模範解答が知りたい。

ないものねだりをしてもしかたがないので、俺は景一と話しつつ、リビングに行ったり寝室に行ったりと、うろうろと家の中を歩き回って必死に次のチャットを考えた。

「落ち着こう、いったん冷静になろう」

そう口にして、自らに言い聞かせる。

『こういう時に素数を数えたら良いっていうけど、実際に落ち着けるもんなのかね？』

「そもそも慌てている時にその発想が出てこないし、素数を数えることで解決に近づくとは思えないからやらない」

たしかあれはアニメか漫画が元ネタだったよな……科学的な根拠とかあったりするのだろうか。

『とりあえず座ったら？　いまどうせ智樹歩き回ってるんだろ？』

「え？　足音聞こえた？」

『いや、まったく聞こえないけど智樹こういう時歩き回るじゃん』

お前やっぱり俺のファンだろ。熟知しすぎて怖いわ。

親友の俺知識に恐怖を覚えつつも、俺は景一の言葉に従い、寝室のベッドフレームに腰かけた。

そして、体重をかけた瞬間——ベッドフレームが激しい音を立てて崩壊した。

「——うぉあっ⁉」

『——んっ⁉　大丈夫か智樹⁉　なんかすごい音したぞ⁉』

あ、焦ったぁ……。急に地面が無くなったかと思ったぞ。

「いてて……あぁ、大丈夫だけど、大丈夫じゃないな。ベッドがぶっ壊れた。フレームがバッキバキだ」

ベッド、ご臨終のお知らせである。立ち上がって確認してみると、ベッドフレームが中央から折れてしまっていた。じゃっかんお尻が痛いけど、布団の上に座っていたために怪《け》我《が》はない。床は多少傷ついてしまったけど……。これ、退去する時にお金とられるんだろうなぁ。

「……しかも床に傷ついた」

『ありゃりゃ……怪我は？』

「ないよ、心配どうも。しかしこれじゃ寝られないし、敷布団をリビングに持って行くかぁ。っていうか、このぶっ壊れたベッド、どうすればいいんだ？　急に巨大な粗大ごみが部屋に現れたんだが」

『いま口にした通り粗大ごみに出すか、新しいベッド買うなら業者が引き取ってくれたりするんじゃね？』

「あー……そういう手もあるか。しかしこのままじゃ寝られんな……」

さすがにマットレスをリビングへ移動させるのは面倒くさいし、マットレスは敷布団のように折りたためないから邪魔だ。多少の寝心地の悪さは我慢するとしよう。

『智樹のベッド、もともと中古だったからなぁ。親父《おやじ》さんに新しいベッドおねだりするしかなくね？』

「いけるかな……バイト代から出せとは言いそうにないけど。まぁ言うだけ言ってみるか。もし無理だったらベッド破棄してマットレスと敷布団で寝るわ」

貯金を崩せば買えないことはないんだけどなぁ……ベッドが無くても生活はできるのだし、俺にとって優先順位はかなり低い。

『ははは、それなら寝心地はたいして変わんないか』

そうやって笑う景一に、俺は「とりあえず片付けるわ」と言葉を残して通話を切った。

はぁ……テンション落ちてる時にこんな仕打ち止《や》めてくれよ。

というか、景一から小日向が怒っている原因を聞きだしそびれてしまった。


破損したベッドの木くずを片付けたり、布団を移動させたりしていると、いつもより一時間以上寝るのが遅くなってしまった。

朝は普段通りにアラームで目が覚めたのだけど、睡眠時間が少なかったので二度寝。そのおかげで危うくバイトに遅刻しそうになってしまった。間に合ったけども。

「ありがとうございました」

退店したお客さんを見送り、店内を振り返る。うん、いつも通りノーゲストだ。

お客さんはいつもの常連さんしか来てないし、新規さんがこなければここから俺の掃除タイムが始まる――予定だったのだけど、お客さんが使用したテーブルを片付けたところで、来店を知らせるベルが鳴った。

「やっほー！　来ちゃった」

これがチャットだったら『てへぺろ』だとかハートマークが後ろに引っ付いていそうなテンションで、小日向の姉――静香《しずか》さんが言う。そしてその後ろから、姉を盾にするようにして、こっそりと小日向もやってきていた。

「ど、どうも。小日向も、いらっしゃい」

二人それぞれに声を掛けて、俺は空いた四人席に案内する。

ちなみに小日向は俺と目が合った瞬間ぷいっと顔を逸《そ》らした。俺の隣を通り過ぎる際には、ペチペチと二度腰を叩《たた》かれた。

二人の席にお冷を持って行くと、静香さんが「ねぇねぇ」と声を掛けてくる。ニヤついた笑みから察するに、ろくな内容ではない気がする。

「昨日の夜は寝ちゃったの？　明日香が智樹くんからチャットの返信なくて寂しがってたよ？」

「……返信？　あれ？　もしかして俺返してない……？」

記憶をたどりながら、思わず小日向に目を向ける。すると彼女は、俺から顔を逸らしながらも、スマホをテーブルの上に置いて俺とのチャット画面を見せつけてきた。

……うん。返信、してなかったわ。ベッドが壊れてすっかりそっちに気が向いてしまっていた。

っていうか小日向、俺のこと『ともき』で登録してるんだな。これは気付かなかったことにしておいたほうが良い気がする。地味に嬉《うれ》しい。

「あー、ごめん小日向。実は昨日、ちょうどその時にベッドが壊れてさ、夜遅くまで後始末やら布団の移動をしてたんだよ。しかもそのせいで朝も二度寝しちゃって、スマホ全然触ってなかった――悪い」

申し訳なくて、無意識に後頭部をポリポリと掻《か》く。

すると小日向は勢いよくこちらを向いて、俺の身体《からだ》に手をあてる。お腹《なか》やら腰やら腕やら、ペタペタと触り始めた。心配してくれているのだろうか？

「えーっ⁉　それ大丈夫だったの？　腰やっちゃった？」

「フレームに腰かけた時にそこが折れちゃったんですよね……まぁビックリしただけで、身体に支障はないですよ――だ、大丈夫だからな？　落ち着いて小日向」

俺の言葉と触り心地で大事はないと判断したのか、小日向はふすーと鼻息を吐いてから、再度ぷいっと顔を背ける。相変わらずご機嫌は斜めのようだ。

「んー、やっぱり明日香、智樹くんに怒ってる？　でもほら、大変だったみたいだし仕方ないでしょ？」

「…………」

「ふむふむ、これが原因じゃないのかぁ」

さすがは過ごした時間が長い姉だけあった、無言の小日向でも気持ちを察することはできるらしい。静香さんは俺に「心当たりは？」と聞いてくるが、俺もはっきりとわかっていないので首を横に振るのだった。

小日向と静香さんは、それぞれ飲み物とデザートを注文した。

注文した時も、注文の品物を持ってきた時も、小日向はこちらをチラチラと見てくるだけで、スマホを見せてくることもなければボディタッチもなし。俺もずっとサボるわけにもいかないので、静香さんと少し話すとすぐに持ち場に戻る。

来てくれたのは嬉しいけど、解決はしそうにないなぁ。やっぱり、俺からアクションを起こすべきなんだろうか。人付き合いって難しい。

しかしこうして小日向が俺のバイト先にやってきたということは、彼女にも仲直りしたいという意思はあるはずなのだ。あぁ……景一から昨日ちゃんと話を聞いておけばよかったなぁ。

二人が食事を終えたころ、静香さんに手招きされたので俺は席に歩み寄っていく。

すると静香さんではなく小日向がこちらにスマホを向けていた。ドキドキしながら腰をかがめて、映し出されている文面に目を向けてみる。

『杉野、普通名字で呼ぶ』

「…………はい？」

よくわからない内容だった。これは俺『が』という意味か、それとも俺『を』という意味なのか。それすらもわからない。

「どういうこと？」

問いかけてみたが、小日向はぷいっと顔を背けてしまった。

名字で呼ぶ？　たしかに俺は基本的に名字で呼ばれたり、相手のことも名字で呼ぶけど
……それがなんだというんだ？

景一や薫《かおる》、優《ゆう》なんかは下の名前で呼ぶこともあるし、あいつらも俺のことを名前やあだ名で呼んでいる。さすがにそれに対して小日向が怒ることはないと思うんだけど――いや待てよ？

「まさか、綾香が原因か？」

俺は女子の名字も名前も基本的にあまり記憶していない。

というか、俺が女子を下の名前で呼ぶのは彼女ただひとりだけである。同じクラスに同じ名字のやつがいたんだから、そうするしかなかったのだ。

小日向と冴島がうちに来たとき、アルバムを見ながら「女子は名字も名前もほとんど覚えていない」といった記憶がある。そんな発言のすぐあとに俺が下の名前で呼ぶ女子が現れたから——それで不機嫌になってしまったのか？

「……なぁもしかして、俺が綾香を下の名前で呼んでたからなのか？」

もし違っていたら自意識過剰で恥ずかしいどころの騒ぎではない。穴を掘って一週間ぐらい閉じこもりたいレベルだ。

俺が他の女の子と仲良くしたから嫉妬シテンダロ～だなんて、イケメンかカップルにしか許されないセリフである。あくまで俺の個人的意見だが。

しかし、どうやらそれは正解だったようで、小日向は俺の腰をペチペチと叩き始める。

そしてさらに彼女は席から立ち上がって、俺の胸にグリグリと頭突きした。

「マジかぁ」

やれやれ、綾香に関しての誤解はこれで二度目である。あいつが悪い事をしているわけじゃないのだけど、タイミングが悪いというかなんというか……。

一度目は恐喝と間違われるし、今度は親密な関係だと小日向に思われてしまったわけだ。友達という意味では親しいけれど、別に俺は綾香に特別な感情があるわけではない。それは綾香も同じだろう。

「あのなぁ小日向――第一に綾香は小学校中学校高校と一緒だから付き合いが長いんだよ。同じクラスだったことも何度かあるし、それなりに話すことも多い。ここまではいいか？」

俺がそう言うと、小日向は俺の胸に顔を押し付けたままコクリと頷《うなず》く。

「さつきエメラルドパークで遊んだ時、御門《みかど》薫っていただろ？　覚えてるか？　小学校のアルバムでも見たと思うけど」

「…………（コクコク）」

「綾香の名字も、あいつと読みが同じ三門《みかど》なんだ。だから綾香と俺の間になにかあるわけじゃなくて、当時のクラスメイトはみんな下の名前で呼んでたんだよ。景一だってあいつのことを綾香って呼ぶし、エメパで会った薫や優も、綾香のことは下の名前で呼ぶぞ」

そうやって説明すると、小日向はピクリと身体を震わせた。

そして、恐る恐るといった様子でこちらを見上げてくる。下唇は引っ込んでおり、逆に上唇が下唇を覆っている。目が合うと、彼女はゆっくりと視線を右に逸らした。

「こら、ちゃんとこっちを見なさい」

そう言って彼女の頬《ほお》を両手で挟んでみるが、彼女は視線を右往左往させて俺の目を見ない。可愛《かわい》い。そしてほっぺた柔らかい。

彼女の勘違いが原因とはいえ、やっぱりこの可愛い生き物を怒る気にはなれないんだよなぁ。容姿や仕草で許してしまっている部分もあるのだけど、なによりも彼女にとって俺は『パパみたい』な存在なのだから。

それは俺自身の考えでもあるし、小日向本人から『パパみたい』と伝えられたこともある。

小日向が拗《す》ねていたのはきっと、同級生である俺と、父親のような俺を重ねてしまった結果なのではないだろうか。俺がどこか遠くに行ってしまうとでも思ったのかもしれない。

「昨日は一緒に勉強できなかったけど、大丈夫だったか？」

頬をむにむにとしながら聞いてみると、小日向はたらこ唇を俺に向けたままコクコクと頷く。そしてスマホをポチポチと入力して、俺に見せてきた。

『頑張った。褒めて』

この状況で褒めてもらおうとするとは、恐ろしい子……！

『あと名前で呼んで』

しかも追加要求までしてきやがった。ご機嫌が戻るなりぐいぐいくるなぁ。

「恥ずかしいから無しで。綾香みたいに必要な状況ってわけじゃないし――あぁでも、小日向の家に行った時は下の名前で呼んでるだろ？　それじゃダメか？」

俺がそう言うと、小日向は『たしかに』といった様子で顎に手をあてる。そして納得したようにコクリと頷いてくれた。

ぽんぽんと彼女の頭を撫《な》でてから、俺はニコニコとした表情でこちらを観察していた静香さんに目を向ける。サムズアップしてきたので、俺はぺこりと頭を下げた。

その後、小日向は俺の背中に手を回してくる。緊張で身体が強張《こわば》るが、突き放すことはできなかった。したくなかった。

「どうやら仲直りはできたみたいだね。どうする？　今日はウチに泊まっていく？」

ニヤニヤとした笑みを浮かべて、静香さんは窓の外に停《と》めてある車を指さす。

唯香《ゆいか》さんといい静香さんといい、異性のお泊まりに対してのフットワークが軽すぎるんだよ……。もっと危機感をもってほしい。

俺はため息を吐《つ》いて、「あのですね」と切り出した。

「男の家ならともかく女子の家ですし、いきなりすぎるでしょう。それに親の許可もとってないですし、遠慮しときます」

「でも我が家のお姫様は、智樹くんに泊まってほしいみたいよ？」

「…………（コクコク）」

「お前なぁ……付き合ってもない男女がお泊まりって、普通じゃないからな？　そもそも付き合っていたとしても、女子の実家に泊まる高校生って、なかなかいないと思うぞ？」

「付き合ってない男女が抱き合ってるのもあまり見ない光景だねぇ」

「静香さんはちょっと口にチャックしててください——そもそも試験前だからな？　絶対お泊まりなんてしたら勉強しないだろ？」

俺がそう言うと、小日向はムスッとしたような表情でテーブルに視線を落とす。

やれやれ……あまり小日向が落ち込むところは見たくないんだけど……彼女の言うことをなんでも聞いていたら、彼女は我慢しないということに慣れてしまうだろう。

これが何かの成果と交換条件だったり、ご褒美だったのならいいかもしれないが——

ん？

もしかしたら、これをエサにしたら、小日向は勉強を頑張るんじゃないか？

親父《おやじ》から許可がでるかはわからないけど、いちおう提案だけしておくか。

「小日向がちゃんと試験勉強頑張ったら、お泊まりしてもいいぞ——親父と、小日向家次第だけどさ。あと、もし泊まることになったとしたら、皆には内緒だぞ」

俺がそう口にすると、小日向は勢いよく顔を上げて目を輝かせていた。

「頑張ったら、だからな？」

苦笑しながら再度言うと、彼女はふすふすしながら『頑張る』と前向きな回答をくださった。俺と泊まったところで、そんなに楽しい時間を提供できないと思うんだがな。

「じゃあ俺は親父に聞いとくよ」

俺自身、親父からどういう答えが返ってきてほしいのか、よくわからなかった。


二人が退店したあと、俺はさっそく休憩時間に親父に連絡した。

すると相手の親の連絡先を教えて欲しい、一度話してみる——と至極真っ当なことを言ったので、俺は小日向から唯香さんの電話番号を聞き出して、それを親父に伝えた。そしてその流れでベッドが崩壊してしまったことも一緒に伝えておいた。

マットレスで寝るのは別に構わないんだけど、あの壊れたベッドが家に鎮座している状態は早急に解決しておきたいのだ。このタイミングで言うと、まるで俺がお泊まりしたいように聞こえてしまいそうだが。

「というかさ、こういう時って『相手の子はどんな子だ？』とか聞くもんじゃないの？」

俺としても、急に女の子と仲良くなった理由をきちんと親父に説明したいのだ。

単純な恋愛というわけではなく、小日向はこういう子で、お互いに穴を埋め合っている

ような関係だから、一緒に行動することが多い――そんなことを言いたかったのだけど、

『景一くんから全て聞いているから大丈夫だ！』

そんな元気な返事をくださった。よし、あいつ、明日シメよう。

『それにお前の声色を聞く限り、俺が細かく心配するようなことはなさそうだ。そうなんだろう？』

「……まぁそうだけどさ」

『ならば問題ないだろう。相手の親御さんと話してみないことにはどうなるかはわからないが、聞く限り先にあちらから提案してきたようだし、俺としては相手の親御さんがどういった人物なのか把握できればいい。智樹はしっかり者だから、お前に関してはまったく心配してないぞ』

「なるほどね」

俺のことを心配してくれているのだろうけど、こうやってはっきりと言われると若干照れくさい。

その後俺はベッドの要望を伝えたり親父側の近況報告を聞いたりすることで、徐々に話を逸《そ》らしていくのだった。

バイトが終わりスマホをチェックしてみたが、特に何も通知はなかった。もしかしたらこの間にも小日向はしっかりと机に向かっているのかもしれない。

自転車でマンションに帰宅し、玄関のカギを開ける。ちょうどそれと同時に、スマホが震えた。チャットのお相手は小日向である。

『おかえり』

「怖いよ……なんでわかるんだよ……」

マンションの通路から辺りを見渡してみたけど、周囲に小日向らしき人影はない。

そして小日向は俺が返信するよりも先に、追加で文章を送ってくる。

『智樹、前に帰宅時間言ってた』

「あぁなるほど。それでか」

小日向には『ドンピシャだったよ』と返信して、室内に入る。

その後も小日向はウサギのスタンプを三つほど送ってきたりして、なんとなくいつもよりテンションが高そうな雰囲気だ。誤解が解けて仲直りしたあとだし、その影響だろうか？

しかし、小日向や親父から宿泊に関しての連絡はない。

もしかしたら親父と唯香さんが電話で話して、お泊まりの話は無くなってしまったのかもしれないなぁ――いや、そもそもまだ連絡していないのか？　なんてことを考えながら靴下を脱いで洗濯機に放りこんだりしていると、

「――ん？　ちょっと待てよ」

俺はふと違和感に気付き、再度スマホを開く。

そして、さきほど小日向から送られてきた文面をもう一度確認した。

「……間違いなく、名前呼びになってるよな」

小日向から送られてきたチャットには、俺の視覚に異常がなければ『智樹』と書かれているように見える。おそらく綾香の件が原因だと思うが、急だ。嬉《うれ》しいか嬉しくないかと問われたら、一瞬のためらいもなく前者であると答えてみせるけども。

「しかしあれだな……同級生から名前で呼ばれるのは、ちょっと気恥ずかしいな」

なんだかまるで恋人ができたみたいだ。

そんなことを言ってしまえば「下の名前で呼ばれたぐらいで浮かれすぎだ」と思われるかもしれないが、俺にとっては同級生の女子から下の名前で呼ばれるのは初めての経験なのだ。少しぐらい喜ばせてほしい。

『勉強頑張った』

俺が悶々《もんもん》としていることなど気付いた様子もなく、小日向はそんな文面とともに、可愛

らしい文字でまとめられたノートの写真を送ってきていた。俺が「ここは押さえとけよ」と言っていた範囲を自分で勉強していたらしい。

「頑張ってほしいもんだ」

なんだか本当に父親になった気がして俺はクスリと笑い、小日向に『その調子だぞ』とチャットを送るのだった。

☆　☆　☆　☆

翌日の日曜日。

本日は景一や冴島も含めた四人での勉強会だ。

昼過ぎから集まって勉強をする予定だったのだけど、小日向から『いつでも来ていい』とのチャットが朝の八時に届いたため、俺は景一たちより一足先――九時に小日向家にやってきていた。

どうやら静香さんたちはすでに出かけているようで、家の中には小日向ひとりだけだった。玄関どころか、前面の道路に出て俺を待ち構えていたのは笑ってしまったけど、それだけ楽しみにしていたと思うと、素直に嬉しかった。

僅かな物音も聞こえない小日向家。また二人きりか……とドキドキしている俺と違い、小日向は二人分の飲み物を準備すると、すぐさま勉強に取り掛かった。

もはや俺がなにか教えるまでもなく、ひとりで黙々と勉強を進めている。むしろ彼女よりも俺のほうが集中していないぐらいだ。

それほどお泊まりが彼女にとって重要ということなのだろうか？　嬉しい気持ちと照れくさい気持ちが半々といったところである。

昼ご飯には小日向お手製の冷凍肉うどんを食べた。そして二人で食器の片づけを終えた十二時ごろに、景一と冴島がやってくる。

二人とも俺が先に来ていたことに関しては特に言及しなかったのだけど――

「……なんだよ、じろじろこっちを見て」

勉強を開始してしばらくすると、なぜか景一が俺のことをニヤニヤとした顔で見始めたのだ。まるで俺がなにか隠し事をしていると確信しているような顔つきだ。明日から試験が始まるんだから真面目にやってくれ。

「別に～、なんか智樹たち、痴話ゲンカ前より距離感近いよなぁ」

「すぐ仲直りするとは思ってたけど、私たちの予想通りだったねぇ」

景一の言葉に反応し、冴島も顔を上げて俺と小日向を交互に見る。そして口元に手をあてていやらしい笑みを浮かべていた。

「別に何もないって。原因が勘違いだったから、それが昨日解決しただけの話だ。今日ここに来たのもお前たちが来るちょっと前で、勉強しかしてないぞ」

「……ふーん。その割には勉強めちゃくちゃ進んでる気がするなぁ」

こいつ……自分の勉強をしながらこっちの進捗まで見てやがったのか！

「いま小日向のやる気は満《み》ち溢《あふ》れてるからな。俺がいないときもガリガリやってるみたいだぞ」

俺がそう言うと、小日向は顔を上げて自慢げにふすーと鼻息を吐く。そして、またノートに文字を書きこんでいった。別人だと言われたら信じてしまうかもしれない。

「ふーん……で、智樹。何隠してるの？」

「ん？　別に何も隠してないぞ」

平静を装ってそう口にすると、景一は顎に手を当てて悩む素振りを見せる。そして「いまの智樹、絶対聞いて欲しくないことがある時の顔なんだよなぁ」と呟《つぶや》く。的確すぎる予測だ。

「うーん……たしかに何かないと明日香がここまで集中するはずがないんだよね。なにか交換条件とかご褒美を用意したんじゃない？」

「あー、それはありそう——小日向、そうなの？」

景一に続き、冴島が的のど真ん中を射抜く予測をした。しかし景一の問いかけに対し、小日向は首を振って否定する。

小日向も俺が「皆には内緒」といった事をきちんと覚えてくれているようで嬉しい。

――うん、嬉しいことは間違いないんだけど、

「…………（ブンブンブンブンブンブンブンブンブン！）」

そこまで必死に否定したら、認めてるみたいなものじゃないかなぁ……。

ニヤリと笑みを浮かべて顔を見合わせた二人は、二人で矢継早に質問を繰り出していく。

「何か買ってもらうとか？」

「…………（ブンブン）」

「試験が終わったらデートするとかじゃないか？」

「…………（ブンブン）」

俺は「その辺でやめとけよ」と、この質問ラッシュを止めようとしたが、景一に「あと二つだけ！」と懇願されてしまった。まぁ、それで当たらなければいいか。どうせお泊まりとか予想できないだろうし。

「あ、わかった！　名前で呼んでもらうんだ！」

「…………（コクコク）」

「いや何を頷《うなず》いてんだお前は。そんな約束してないから」

目をキラキラさせて頷く小日向にジト目を向けると、小日向は身体《からだ》を左右に揺らして楽しんでいることをアピールする。あと質問ひとつ耐えればいいだけなので、余裕を見せているのかもしれない。

さて、あと残すは質問ひとつのみ。

景一は目を瞑《つぶ》り、こめかみに手を当てて何を聞こうか真剣に悩んでいる様子。こんなことで脳みそ使わずに中間試験に役立てたらいいのに。

「そういえば智樹ってベッド壊れたばかりなんだよな……もしかして、お泊まりか？」

……おーまいがー。

「ははは！　まさか、そんなわけないだろ！　いくら仲が良くても、男女でお泊まりとかないよな小日向？」

「…………（コクコクコクコクコクコクコクコクコク！）」

「え？　マジでお泊まりが交換条件なの？」

「…………（ブンブンブンブンブンブンブンブンブン！）」

さすがにお泊まりのことはバレるとまずいと思っているのか、小日向は残像が残るほどのスピードで首を振る。

そして何食わぬ顔でノートに視線を向け、間違えた所を消しゴムで消そうとしたようだが、なぜかペットボトルのキャップでノートをこすっている。それじゃ消えないぞ。

小日向の代わりに、横から間違ったところを消しゴムで擦《こす》る。顔を上げると、景一たちは俺たちをポカンとした表情で見ていた。

「これ以上詮索禁止。せっかく小日向が勉強頑張ってるんだから、邪魔すんなよ」

ため息を吐《つ》きながら、俺は小日向のノートの上に散らばる消しカスを纏《まと》める。

バレたのがクラスメイトじゃなくて、仲の良いこいつらならそこまで話題になることもあるまい。景一や冴島が面白おかしく吹聴《ふいちょう》するとは思えないし、せいぜい俺と小日向が二人からいじられるぐらいだ。

「青春だなぁ」「青春だねぇ」と口にする二人の声を右から左へ受け流していると、コテリと俺の肩に頭を乗せて、小日向が『ごめん』と映されたスマホを見せてくる。

「ん？　『内緒』って言ってたのにってことか？」

「…………（コクコク）」

「まぁバレてしまったものは仕方がないさ。――にしても、やっぱり小日向って嘘《うそ》吐くの苦手だよなぁ」

苦笑しながらそう言うと、小日向はぺちぺちと俺の太ももを叩《たた》いてくる。

景一が「智樹もかなりわかりやすかったけどな」と呟くのを聞いて、俺は今度は上手《うま》く誤魔化《ごまか》そうと決意するのだった。

第五章　理性ブレイカー小日向《こひなた》

桜清《おうせい》高校の定期試験は、五日間に分けて行われる。

月曜日から金曜日まで全て試験があり、勉強に不真面目な生徒からすれば毎日が午前中で終わる学校みたいな期間だ。

ちなみに去年の俺は夕方から景一《けいいち》、薫《かおる》、優《ゆう》たちと家でゲームばかりして遊んでいた。普段から暇なときに勉強していたし、試験対策に勉強をする必要性をあまり感じなかったからだ。

そんなわけで、試験中は俺にとってボーナスタイムのようなものなのである。普段からバイトで休日が少ない俺からすれば、かなり遊ぶ余裕がある期間というわけだ。

だが今回の試験は、そんなお気楽な気持ちで臨んでいない。

小日向を留年させないためにも、試験が終わるまではみっちり勉強会をするつもりだ。

昨晩親父《おやじ》からお泊まりオーケーの許可が出てしまったので、金曜日から土曜日にかけて小日向家にお泊まりすることは確定しているけれど、小日向には「頑張り次第」と伝えているので、まだ彼女のやる気は十分にある。

あと五日間、頑張ってほしいもんだ。

☆　☆　☆　☆

教室に辿《たど》り着くと、やはり試験前だけあって勉強している生徒が多い。

とはいっても、必死に机にかじりついているようなクラスメイトはおらず、友達と問題の出し合いをしていたり、どの問題が出そうかと予想していたりといった感じだ。

しかしそんななか、いつもは俺より登校するのが遅いはずの小日向が、机にかじりつくようにして勉強に取り組んでいる。俺から提案しておいて言うのもアレだけど、必死すぎない？

「おっす杉野《すぎの》。小日向、めちゃくちゃ頑張ってるな」

教室に入ると、俺を見つけた高田《たかだ》が声を掛けてきた。他にも挨拶をしてくるクラスメイトはいたけれど、小日向の話題を振ってきたのは高田のみ。

「おはよう高田。この調子だと、あいつ平均点ぐらい取れるかもしれないぞ」

俺がそう言うと、高田は満足げにうんうんと頷いて、俺の前の空いた席に座る。

「あの小日向が勉強するって凄《すご》いよな。やっぱり愛のパワーってやつ？」

「違うわ——っていうか、小日向が勉強できないのってわりと有名なのか？」

「そりゃね。小日向は再テスト常連だし、真面目に授業に出ている中じゃトップクラスじゃない？　あ、もちろん後ろから数えてって意味でな」

高田が苦笑しながらそう言うと、小日向はノートに視線を向けたまま身体を強張《こわば》らせていた。勉強しながらも、こちらの会話に耳を傾けているらしい。

「まぁでも今回は杉野が教えてくれたみたいだし？　再テスト受けようとしてた奴《やつ》らも頑張ってるみたいだぜ。小日向がいないなら再テストのうまみが何もないってさ」

「再テスト受けたくて受けるやつなんていないだろ……」

再テストのうまみってなんだよ。初めて聞いたワードだわ。

いや、まてよ。ＫＣＣという団体に所属している変態どもなら、小日向と同じ教室で再テストを受けるために、敢《あ》えて赤点をとったりしちゃうのだろうか？　もしくは、ひとりぼっちで寂しい思いをさせないために、わざと点数を落としたりとか？　いやいやそれはさすがに――ないともいいきれないな……。

俺は頭の中の妄想を振り払うために顔を横に振る。そして高田の「いるんだなこれが」という言葉は聞かなかったことにした。

ん？　……ちょっと待てよ。

もし仮に高田のいうことが真実だとしたら、テストの平均点が底上げされてしまうのではなかろうか？　となれば、小日向が平均点に達する可能性が下がってしまうのでは？

そんな不安に襲われた俺は、居てもたってもいられずに小日向の席に歩み寄る。

「小日向、わからないところはないか？　必ず出るところ、もう一度確認するぞ」

小日向が頑張ることで、学年の平均点に大きな影響を及ぼしている可能性が出てきてしまった。

こうしちゃいられない――テストが始まるまでの時間、ギリギリまで小日向に知識を詰め込むことにしよう。

☆　☆　☆　☆　☆

試験が終わると景一や冴島《さえじま》も加わって小日向家に集まって勉強し、景一と冴島は暗くなる前に帰宅。俺は小日向に勉強を教えるために、八時過ぎまでお邪魔していた。

毎日みっちりと翌日に行われる試験の内容を頭に詰め込んでもらい、帰宅前には小日向へ「これは絶対覚えておけ」という内容の物をルーズリーフに書いて渡したりしていた。

そんな風に怒涛《どとう》の五日間を終えると、さすがに俺も疲労困憊《こんぱい》である。肉体的というよりも脳の疲労ではあるけど。

小日向にかなり時間を割くことになっていたが、結果的に一緒に勉強した俺も今回はかなり順位が上がってそうだ。もしかしたら一桁順位になっているかもしれない。

「……俺は疲れたよ」

金曜日、試験五日目に行われた最終科目の答案用紙が回収されると、俺は思わず机に突っ伏してそんな言葉を漏らした。自分の口から魂が空に昇っていく幻覚が見える。

「智樹《ともき》にとってはむしろこれからが本番じゃない？　これから泊まりなんだろ？」

俺の「疲れたよ」発言を聞いた景一が、ニヤニヤしながら俺に小声で話しかけてくる。

うるせぇ、んなことわかってんだよ。

景一には今日が泊まりの日――と明言していないものの、どうやら俺や小日向の雰囲気から察したらしい。まぁ泊まりがバレている以上、日付が知られても別に気にもしない。

「泊まるっていっても、本当に泊まるだけだぞ？」

俺は自分に言い聞かせるようにしながら、景一に返答する。

「まぁ普通に考えてさ、泊まるだけで異常だよな。付き合っているわけでもないのに」

「そんなこと百も承知だっての」

俺と小日向の関係がいびつなことぐらい、当事者である俺だって理解しているさ。

だけど、俺も小日向も他の人とは少しだけ違う事情があるのだから、いびつなのはむしろ自然とも言えるんじゃないだろうか。

中間試験が終わったため、景一と冴島は本格的に体育祭の実行委員の仕事に取り組む必要があるらしく、二人とも学校に居残りだ。

そして俺は、約束通り小日向家に宿泊させてもらうことになっている。

だが、日中はお互い用事があるため別々に過ごす予定である。というのも、小日向は家族でお買い物に行く用事があるようだし、俺は俺で親父が注文してくれたベッドがマンションに届くからだ。

早く新しいベッドで寝てみたいという気持ちはあるけれど、それよりも小日向とのお泊まりイベントのほうが俺にとっては圧倒的に楽しみである。

そりゃ恥ずかしい気持ちとか、「付き合ってもないのに本当にいいのだろうか？」という葛藤はあるけど、楽しみなことには違いない。

学校が終わり、クラスメイトや景一と冴島に別れの挨拶をしてから、俺と小日向は帰路に就く。今日は帰る場所は別々だが、途中までは一緒だ。それはもちろんいい。

だけどですね、俺の小指をニギニギするのはどうかと思うのですよ小日向さん！　校門を出てからならまだしも、教室を出た時にはすでに握ってしまってるんだよなぁ！

つい先ほども、校門を出る際にクラスの女子と遭遇したのだが、俺の小指を握る小日向を見て「相変わらずラブラブだねぇ」なんて言葉を吐かれてしまった。

否定したけど、「わかってるわかってる」と勝手に理解されてしまった。口数が少ないのは助かるが、頼むから話を聞いてくれ。

そして小日向も小日向だ。

お泊まりが楽しみなのか、試験勉強から解放されたのが嬉《うれ》しいのかは知らないが、学校を出てからずっと隣でリズムをとるようにふんすふんすふんすと息を吐いている。チラッと俺を見上げては小指ニギニギ。

俺でさえ「え？　これで付き合ってないの？」と思ってしまったぐらいだ。標準的なカップルのことをあまり知らないから、判断は難しいのだけども。

で、このニギニギ小日向。

クラスの女子に「ラブラブだねぇ」と言われた時でさえ、彼女は顔を赤くしたものの手を放すことはなかった。もしかしたら彼女も恥ずかしさに慣れてきてしまっているのかもしれない。これはあまりよろしくない傾向である。

これではバカップルまっしぐらだぞ？　そもそもカップルじゃないのだけど。

まぁ俺と彼女の関係は『男女』と表すのではなく『父娘《おやこ》』が正しいのだけど……なんだか最近、そう思っているのは実は俺だけなんじゃないかなんて思い始めてしまっている。

実は小日向も俺と男女の関係になることを望んでいるのではないか——そんな願望に近いことを俺は妄想し始めているのだ。本当に、よろしくない。

帰宅し、しばらくは部屋の片づけをしたり、テレビを見ながら洗濯物を畳んだりしてのんびりとした時間を過ごした。

そして午後四時になったところで、待ちに待った業者がベッドを運び入れにやってきた。そのままの形では玄関は通らないし、そもそもエレベーターに乗らないので、当然現地組み立てである。俺は自分で組み立てることも考えていたのだけど、親父が組み立て設置で依頼してくれていたらしい。段ボールや梱包《こんぽう》材の処理とか面倒だから、正直助かる。

がっちりとした体形の男性二人は、まず俺の寝室にあるベッドをえっさほいさと外に運びだした。壊れているから放っておいたのだけど、きちんと分解して運び出すらしい。

で、一人が細々としたゴミを運び出しているうちに、もう片方の男性が俺に声をかけてきた。

「あのー、古いマットレスも持っていくって聞いてますけど、これ持ってっちゃっていいッスよね？」

「……え？　マットレスもですか？」

「はい。ご注文内容はベッドとマットレスと敷布団、それに掛布団ッスから、えっと……杉野さんのお父さん？　からは全部廃棄で――って聞いてるッスけど」

親父《おやじ》、どうやら寝具一式を購入してくれたらしい。

たしかにベッドと同様に古かったけど、別に買い替えが必要なレベルではなかったんだけどなぁ。まぁいまさら別にいらないですとも言えないし、俺は男性に「それならよろしくお願いします」と頭を下げた。

「それにしてもお兄さん。高校生で一人暮らしっていいッスよねぇ！　やっぱり泊まりにくるのは彼女さんッスか？」

「え？　いや、彼女はいないですけど」

びっくりした。なぜこの人が泊まりのことを知っているのかと焦ったが、冷静になって考えると一般的な世間話の範疇《はんちゅう》だ。

「えー、お兄さん絶対モテるでしょ！　じゃあこのベッドは先行投資ってことッスね！」

じゃれつく子犬のような雰囲気でそう言った男性は、「学生っていいなぁ」とぼやきながら仕事に戻った。

この時はクエッションマークを頭に浮かべていたのだけど、徐々に出来上がっていくベッドを眺めて理解した。あぁ、そりゃそういうことを勘繰られてもしかたがないな――と。

ゴミやら布団やらを持ち帰ってくれた男性二人を見送ったのち、俺はベッドの前で呆然《ぼうぜん》としていた。

「あのクソ親父め」

デザインはいたってシンプル。黒く塗装がされた木材でできたベッドフレームに、グレーのマットレス。敷布団や掛布団のカバーは藍色で、俺の好みをしっかりと理解した配色だ。

だがしかし、

「俺は『ダブルベッド』なんて要求した覚えはないぞ」

完成したベッドは、以前使っていたシングルサイズに比べてかなり大きく見える。縦の長さは変わらないけど、横幅が一・五倍ぐらいになっているような大きさだ。

そもそも今回泊まるのは小日向家なんだし、このベッドを小日向と使う予定はない。景一はたまに泊まりにくるが、野郎同士で同じベッドで寝たくはないし、そもそもあいつが来たとき用に布団は別にある。

「まぁ……狭いよりはいいのか？」

でも寝る場所は広くなったけど、部屋自体は狭くなったんだよなぁ。

買ってもらっている立場だから、文句を言いたくはないが。どういう意図でこんなものを注文したのか、問いただすぐらいは今度やっておこう。

コンビニで買った弁当を食べて、風呂に入り、夜の八時半に俺は家を出た。

そしてマンションの目の前まで迎えに来てくれた静香《しずか》さんの車に乗り、小日向家へ。

迎えに来てもらわずとも徒歩で行ける距離だったから「歩いていきますよ」と言ったのだけど、静香さんや唯香《ゆいか》さんがそれを許さず、俺は相手方の厚意に甘えることになった。

車に乗ってから僅か一、二分で、小日向の家に到着。

この一ヶ月で同級生の女子の家に入ったり、寝室に入ったり、家族に挨拶したりと階段を上ってきたわけだけど、その度に緊張していた過去の自分を嘲笑《あざわら》ってやりたくなった。

泊まりへのステップが急すぎるんだよ。

女子に対して苦手意識を抱えていた俺からすれば、かなりハードルが高い。

さらに言うと、これまでは相手を異性として意識して緊張する——といったことは無かったから、これはまた別種の緊張なのだ。女子数人に囲まれて吐きそうになるのと、可愛《かわい》すぎる女子の家にお泊まりはベクトルが違い過ぎる。

運転してくれた静香さんにお礼を言い、案内されるまま玄関をくぐる。

すると、パジャマ姿の親子が俺を出迎えてくれた。どうやら車の音で気づき、玄関で待機してくれていたらしい。

俺が「お邪魔します」と口にすると、母親の唯香さんは満面の笑みを浮かべて口を開いた。

「いらっしゃい智樹くん、待ってたわよ～」

唯香さんは花柄のパジャマを着ていて、小日向はウサ耳の付いたパジャマを着ていた。

ウサ耳パジャマは触り心地の良さそうなピンク色の生地で、上は長袖だけど、下はばっちりと太ももを強調するようなショートパンツ。いや、別に強調しているわけじゃなくて、俺が意識しすぎなだけかもしれないが。ウサ耳フードを頭にかぶり、耳部分を摑《つか》んで俺に「見て見て」とアピールしている模様。

「ウサギさんだな」

小日向が何か言って欲しそうにふすふすしていたので、そのままの感想を口にする。

もっと気の利いたことを言ったほうが良かったのかもしれないが、小日向は満足そうに身体《からだ》を左右に揺らし、こちらにお尻を向けて、丸いポンポンの尻尾が付いていることもアピール。可愛い……けど、寝づらそうだなぁ。

「どうせならお風呂もこっちで入ればよかったのに～」

唯香さんが頰《ほお》に手を当てながらのほほんとした口調で言ってきたので、俺は即座に「い

やいや」と否定する。

「さすがにそこまでは甘えられませんよ――ところでうちの父親から連絡がいったと思うのですが、何か問題はありましたか？」

親父からは何の連絡もなかったので、唯香さんに聞いてみる。

「問題なんてないわ～。お布団代は、明日香《あすか》の家庭教師代ってことにしておいたから、智樹くんは何も気にしなくていいわよ～」

のんびりとした口調で、そして当然のことのように小日向のお母さんが言う。

えぇ……もしかして小日向家、わざわざ俺のために新品の布団を買ったのか？　一泊するだけなのに？　俺、マットぐらいあれば床で全然良かったんだけど……。

「家庭教師代って言われても、俺は同級生と一緒に勉強しただけですよ？　お金を貰《もら》うようなことじゃないと思うんですが」

「ははは、智樹くんは真面目すぎ。まだまだ子供なんだから大人に甘えときなよ」

「…………（コクコク）」

静香さんの言葉に、小日向はそうだそうだと言いたげに腕組みして頷《うなず》く。

「もしかして小日向のお買い物って、布団買いに行ってたのか……？」

ジト目を向けながらそう言うと、小日向は誤魔化《ごまか》すように吹けない口笛を「ぷすーぷすー」と吹き、テテテテと廊下を駆け抜けて俺の前から去っていく。まぁその顔は実に楽し気だったから、ふざけているだけなのだろうけど。

ん……？　今の小日向の顔、もしかして笑ってた？

つい数秒前に網膜に映った光景を呼び起こそうとしていると、唯香さんが口を開いた。

視線は、小日向が走っていった方角に向いている。

「明日香の表情があそこまで戻ってきたのも、やっぱり智樹くんのおかげみたいねぇ。これまでも少しずーつ改善の兆しはあったけど、この一ヶ月で急に変わるのだもの。ママびっくりしちゃった」

「ねー言ったでしょ。智樹くんパワー凄《すご》いんだって！　私たちも結構頑張ったんだけどねえ、やっぱり愛の力は偉大なのかぁ」

そうやって俺を褒めてくれるのは素直に嬉《うれ》しい。

しかしだからといって、そのままお礼だけ言って済ませていい内容ではないだろう。

「そう言っていただけるのは嬉しいんですが、俺だけの成果じゃないですよ。俺はきっかけになることができたかもしれませんが、それは静香さんや唯香さんの支えがあって、冴島が隣で励ましてくれて、他の生徒たちがあいつを助けた下地があったからです」

小日向にとって、父親の死が辛《つら》かったことに間違いはないのだ。

そして彼女だけではなく、もちろん唯香さん、静香さんも辛かったに違いない。

冴島だって、友人の表情が無くなったその時に、小日向と付き合いがあったのだ。

そんな人たちの前で、ほんの最近知りあったばかりの同級生が『俺のおかげだ』なんて胸をはることなどできるはずもない。

もちろん、そんなことをするつもりもない。

「彼女の助けになるのなら、俺はずっと傍《そば》にいますよ。誰に言われるでもなく、俺自身がそうしたいから。もし嫌われちゃったら、その時はまた考えることにします」

言っている途中で気恥ずかしくなり、最後はおどけた口調で言った。最後まできっちりと自信を持って言えないところが、俺らしい。それが良いのか悪いのかは、聞く人によって変わってくるのだろう。

頭をポリポリと掻《か》く俺に、唯香さんは優しい笑みを浮かべた。そして、「ねぇ智樹くん」と声を掛けてくる。

「もう明日香と結婚しない？」

「そもそも俺は彼氏ですらないんですけど⁉」

いったい俺の親父はこの人と話し、どうやって「大丈夫だ」と判断したのだろうか？

通話の録音があれば、ぜひとも聞かせてもらいたいもんだ。

二人に案内されたのは和室で、八畳ぐらいの部屋だった。

濃いブラウンの洋服ダンスや本棚があって、隅のほうには真新しい白色の敷布団と水色の掛け布団が畳まれており、部屋の中央にはタンスと同様の色の楕円《だえん》形のテーブルが置いてあった。テーブルの上には、お茶とお菓子、それから飲み物が準備されてある。

向かい合うようにグレーの座布団が二枚置かれていて、その片方には小日向がお行儀よく正座で待機していた。逃げた割には俺がやってくると嬉しそうに左右に揺れていた。

静香さんと唯香さんは、俺を部屋に送り届けると「ごゆっくり」という言葉を残して去っていき、部屋には俺と小日向だけになる。

おかげでやや緊張は解けたけど、レベルが下がっただけで緊張することには変わりないんだよなぁ。なにしろ目の前にいる小日向は、学校にファンクラブを生まれさせるほど可愛いのだ。

そんな美少女が、パジャマであり、ウサ耳であり、尻尾がポンポンなのだ！

この状況でリラックスできるわけもない。しかも小日向は風呂上がりだからなのか、ほんのり柑橘《かんきつけい》系の爽やかな香りまで放っているし。

というわけで、無理矢理《むりやり》にでも会話を見つけ出して、気を紛らわすしかない。

「可愛いパジャマだな」

二人きりになったので、さっそく恥ずかしいセリフを口にする。すると小日向は嬉しそうにコクコクと頷いた。

そしてどうぞどうぞと言いたげに、テーブルの上にあるせんべいをこちらに寄せてきたので、俺はありがたくそれを頂戴することにする。

俺がポリポリと音を鳴らしてせんべいを齧《かじ》っている間、小日向はテーブルに肘を乗せ、両手で顎を支えた状態でこちらをガン見。俺の食べている姿は何かしらのエンターテインメントなのだろうか。

「あんまりジロジロ見るなって。恥ずかしいから」

『や』

まさかの一文字返答である。小日向らしいけども。

さて、可愛らしく拒否されてしまったので、別の話題を振ってなんとか小日向の視線を別の場所に逸《そ》らしたいところだ。まじまじと見られたら、絶対赤面してしまう。というか、すでに赤いと思う。

「どうだ？　中間試験は平均点ぐらい取れてそうか？」

『取れてる』

「おぉ……自信満々だな。小日向かなり頑張ってたもんなぁ」

『受験より頑張った』

「ははは……それぐらい本気だったってことか」

『お泊まりしたかった』

相変わらず言葉がストレートなんだよなぁ。俺が照れるのをもしかして楽しんでるのだろうか？　案外小日向ってSっ気があるのかもしれない。

せんべいを完食して、ゴミ箱に袋を捨てたところで、小日向は俺の隣に座布団を移動させてそこに座った。そして、スマホをポチポチ。

『明日はどうする？』

「ん？　明日は……まぁどこかに出かけてもいいし、俺の家でのんびりしてもいいけど、小日向はどっちがいい？」

『智樹の家でのんびり』

「了解。ゲームするか、映画とかアニメ見るぐらいしかすることないけど、それでも大丈夫か？」

「………………（コクコク）」

小日向から了承を得たので、明日の予定も決まった。

まだ俺すら見てないDVDも引き出しに眠っているので、しばらくは俺も小日向も新鮮な気持ちで楽しむことができる。ストックが無くなってどうしようかと悩むことができたのなら、それはきっと幸せなことなんだろうな。

小日向家の洗面化粧台は、洗面所の角に設置されているので、二人並ぶと一人は鏡が見えない状態になる。別に俺は鏡を見ながら磨く習慣がないので、どこで磨いても構わないのだけど、小日向はそれを許さなかった。

「まぁそうしたいなら別にいいんだけども」

というわけで、小日向の要望に従い俺は小日向の真後ろで歯を磨くことになった。身長差のおかげで、お互いにしっかりと鏡を利用することができている。

この状態だとたしかに鏡を見ながら磨けるのだけど――いや、お互いに自分の顔見てなくね？　小日向と目が合うってことは、そういうことだよな？

小日向は『いー』と綺麗《きれい》な歯をむき出しにして、シャコシャコと丁寧に歯を磨いている。歯磨き中なので喋《しゃべ》ることもできないから、俺は小日向の真似《まね》をしてみることにした。するとは真似していることに気付いたのか、小日向はペチペチと空いた手で俺の腰を叩《たた》いてくる。俺も真似して、小日向の腰辺りをペチペチと叩いてみた。

「………」

すると、俺の行動が珍しいものだったからか、小日向は目を大きく見開いた。そして慌てた様子で歯ブラシを洗い、口の中をゆすぐと、小日向はこちらに向き直って抱き着いてくる。そして、催促するような視線を俺に向けてきた。

シャコシャコと歯ブラシを動かしながら、俺は苦笑する。

お前も抱き着いてこいってことだよなぁ……。さすがに恥ずかしいので、片手だけで勘弁してください。

歯磨きを終えるといよいよ就寝の用意をしなければならない。自室のベッドではないから、テーブルを隅に寄せたり、敷布団を敷いたりする必要があるのだ。

準備にとりかかる前に俺はトイレを借りて――そして小日向は自室に向かった。

おそらく彼女は寝る前に俺が使わせてもらっている部屋にやってくるだろうし、おやすみの挨拶はまだである。まぁ万が一こなかったとしたら、その時はチャットで済ませるとするか。

そんなことを考えながら廊下を歩き、寝室となる和室の戸を開くと、自然と顔が引きつった。

「……こういうのは普通、俺じゃなくて家族が止めるもんじゃないんですかね……俺が小日向に手を出す可能性とか視野にいれてくださいよ」

俺は額の汗を拭う仕草をしてやり切った様子の静香さんと唯香さんを見ながら、部屋の戸の前でそんなことを呟《つぶや》いていた。本当に、どうしてこうなってしまったんだろうか。

俺たちが使用していたテーブルは折り畳み式だったようで、足を畳んで部屋の隅に立てかけられている。そしてテーブルがあった場所には綺麗に布団が敷かれていた。

二つ並んで。

「……もう一度言いますが俺は明日香さんと付き合っているわけではないんですよ？　ただの友人です。泊まることですらセーフに近いアウトだっていうのに、これはもう完全に言い逃れようのないアウトですからね？」

俺はため息を吐《つ》いてから、やりきった顔の小日向親子に咎《とが》めるような口調でそう言った。

「だけど智樹くんのお父さんは許可してくれたわよ？」

なにを許可してくれてんねんあのクソ親父《おやじ》。当事者の意思無関係で勝手に話を進めないでくれませんかねぇ!?

「多数決で言うと四対一だし、まぁ確定かなぁ」

静香さんがその発言をしたタイミングで、枕を両手で抱えた小日向がふすふすしながら部屋に入ってきた。そして並べられた布団のピンク色のほうに枕を設置。嫌がる雰囲気は微塵《みじん》も感じられないなぁ。たしかにこれは四対一だわ。

「……マジかぁ」

小日向はそんな俺の呟きに気付く様子はなく、二つの布団の上でごろごろと転がってあっちへ行ったりこっちへ来たり。旅行の日の夜みたいなテンションだな。楽しいようでなによりだが、お前も当事者のひとりだからな？

「でも智樹くん、そういうチャンスなら今までもいっぱいあったでしょ？　君の家で二人きりの時もあったけど、明日香を見た感じ智樹くんは何もしていないみたいだし」

「……これからもそうとは限らないじゃないですか」

最近の小日向の攻めは本当にすごいんだからな。

「うふふ、本当に悪いことを考える子はそんなこと言わないのよ、智樹くん」

「うんうん。智樹くんは明日香のことよく考えてくれてるよねぇ」

……そりゃまぁ、たしかに俺は小日向を傷つけるようなことはしないと誓って言えるが、こうまで警戒心が薄いと小日向が心配になってしまう。

まぁ、その時は俺が小日向家の代わりに彼女を守ればいいだけなのかもしれないが。

「男の俺が言うのもアレだけど、お前は年頃の可愛《かわい》い女の子なんだから、もっと男を警戒しろよ？」

布団の隣に正座して、俺は仰向《あおむ》けの状態で大の字になっているウサギさんに言う。

起き上がったウサギさんは四つん這《ば》いになって俺の元へと寄ってくると、ぐりぐりと腹に頭突きをし始めた。小日向は今日勉強頑張っていたし……拒否するのはなぁ。

しかしほんの少しぐらいは家族がニヤニヤと眺めているということを考慮してくれてもいいのではなかろうか。俺はとても顔が熱いんだが。

「というかもはや何をしても問題ないぐらいに仲が良さそうなんだけどね……よく智樹くん我慢してるよ」

「母親としては明日香が幸せならなんでもいいわよ～」

これ以上家族公認みたいなことを言うの止《や》めてくれませんかねぇ⁉

いよいよ俺の自制心が煩悩に負けてしまう可能性が出てくるじゃありませんか！

☆　☆　☆　☆

静香さんと唯香さんが和室をでて、とうとう俺たちは二人きりになってしまった。部屋の明かりはまだ点《つ》けたままで、俺は小日向と一緒に天井を見上げている。

俺はずっと天井を見ているが、視界の端では小日向がチラチラとこちらに視線を向けていた。それに気が付いている時点で、俺も彼女のことを見ているということなのかもしれないけど。

　景一と冴島に泊まることはバレてしまったが、この布団が二つ並ぶという状況はなんとしても隠し通すべきだろう。

　なんだか内緒にしていると悪いことをしている気分になるが、別に犯罪行為をしているわけでもない。だけどそう易々《やすやす》と言える内容でもないんだよなぁ。

　などと布団に横になってから考えていると、小日向が俺の肩をツンツンとつついてきた。顔を横に倒してみると、彼女は布団から顔だけをだして、楽しそうにふすふすと鼻息を鳴らす。

　こいつは本当に……はぁ……。

「楽しい？」

「…………（コクコク！）」

　いつもより勢い五割増しだ。なんだかこうして小日向が学校では見せない姿を俺だけが見ていると思うとわずかに優越感を覚える。

　小日向が俺のことをいったいどういう風に意識しているかは知らないけど、楽しそうだし、まぁいいか。

「そっか……それなら泊まりがいがあるってもんだ。だけど、俺は特別話が上手《うま》いってわけでもないし、こうやって一緒に寝るぐらいしかできないんだぞ？　女子の扱いに慣れているわけでもないしな」

自虐的にそんなことを言ってみると、小日向はブンブンと首を横に振る。

それから小日向は枕元に置いてあったスマホを手に取ると、ポチポチと文字を入力し始める。そして画面をこちらに見せてきた。

「『いるだけでいい』――って、ははっ。俺の存在全肯定かよ」

嬉《うれ》しかったが、それと同じぐらい気恥ずかしくなって小日向のおでこをペチリと軽く叩く。すると彼女は嬉しそうに頭を左右に揺らした。

俺は小日向にとってアイドルみたいなものなんだろうか？　なんだよ『いるだけでいい』って。

……あぁ、そうか。

彼女の父親は、その『いるだけでいい』を遂行することが叶《かな》わなかったのか。

「『鬱陶しいから離れてくれ』って言われるまでは一緒にいるよ。だから心配すんな」

そう言って、俺は小日向の頭を繊細なガラス細工にでも触れるように優しく撫《な》でる。彼女は顎を撫でられる猫のごとく、目を瞑《つぶ》って気持ちよさそうな様子だった。

小日向の頭を撫でるのにはまだ慣れないが、緊張とか恥ずかしさは特に感じられず、どこか穏やかな——心を安定させるような成分を摂取することができたような気がした。

☆　☆　☆　☆

「……そっか、そういや小日向の家に泊まったんだっけ。いつの間に寝たんだろ」

翌朝、目が覚めた俺はいつもと違う光景を前に一瞬混乱しかけてしまった——が、壁に立てかけられているテーブルを見て「そういえば小日向の家だったな」とすぐに正解を導き出すことに成功。

それにしても……マジで一睡もできないんじゃないかと思っていたが、案外眠れるもんだ。たぶん俺も勉強で多少脳が疲れていたんだろう。すぐ隣で可愛い同級生がすぴーすぴーと寝息をたてている状況でも、無事に眠りにつくことができたらしい。

小日向はまだ寝ているんだろうか？

俺より先に寝ていたから、もう目覚めていてもおかしくはない——と思ったけれど、窓があるほうへと目を向けてみると、外はまだそこまで明るくない。カーテンの隙間から覗《のぞ》く空を見た感じ、少なくとも朝の七時にはなっていないはずだ。

そんなことを思いながら、俺はおよそ五十センチの距離にいるであろう小日向へと目を向けようとして――右手の違和感に気付く。

きっと起きた瞬間からその状況だったから、この不思議な感触に違和感を覚えなかったのだろう。ウサギさんが俺の右手に抱き着いていた。

「……ウサギかと思ったら仕草は猫だし、今はコアラだな」

この可愛い新種の生き物はウサネコアラと名付けよう。はっはっは――ってそんなふざけていい状況じゃねぇから！

俺は朝っぱらから心の中でセルフノリツッコみをきめたあと、きっちりとホールドされている右手を動かそうとして――断念した。なにしろ腕を動かすということはすなわち小日向に触れるということで、しかもその部位は小日向のお腹《なか》やら胸という身体《からだ》の前面である。お巡りさんを呼んで自首しなければいけない案件だ。

というか、すでにその部位は俺の腕に現在進行形で当たっているのだけど、これは俺からの行動ではないからセーフ。たぶんセーフ。

極力意識しないようにするので、セーフということにしてください。

「……本当、なんでこんなに可愛いかなぁ、小日向は」

彼女は慌てている俺の気持ちなど知る由もなく、二の腕に顔を押し付けてすぴすぴと寝息をたてている。あまりじろじろと寝顔を見るのはよろしくないのかもしれないが、まぁこれぐらいは役得ということで許してほしい。

俺はしばらく「睫毛《まつげ》長いなぁ」とか、「口も鼻もちっちゃいなぁ」などと思いながら小日向を観察していた。だけど、ずっとこうしているわけにはいかないわけで。

この状況を静香さんや唯香さんに見られたらやはりまずいからなぁ。絶対あの二人はやれ付き合えだのやれ結婚だの言い出すはず。

二人きりの気分だけど、ここは小日向の実家であり他に家族がいるのだ。

そしてなによりも、俺のことを異性と認識していないであろう小日向が迷惑に思うかもしれない。

「ほれ、起きろ小日向。朝だぞ」

休日なのだからもう少し寝させてあげたいところだが、二度寝するならするで俺の腕を解放してからにするべきだ。俺の精神的にも世間的にも。

声を掛けても小日向は反応を示さなかったので、俺は空いている左手で小日向の肩を軽く叩《たた》く。すると、小日向は顔をうずめるように俺の右手にぎゅっと抱き着いてきた。おーまいがー。

「お、起きるんだ小日向！　色々とまずいから！」

俺の煩悩はもう溢《あふ》れそうですよ！　表面張力でなんとかコップにしがみついている水み

たいな感じなんですよ！　ちょっと揺らせばアウトですよ！

ペシペシと叩いていたところをバシバシに変更し、俺は小日向の起床を促す。

その行動が功を奏したのか、ようやく小日向は顔をこちらに向け、俺の腕を解放してくれた。それから小日向はうっすらと目を開けてこちらを見ると――

「――いぃいいいいっ」

まだ寝惚《ねぼ》けているのか、小日向はなんの躊躇《ちゅうちょ》もなく俺の身体に抱き着いてきてしまった。背中にしっかりと手を回して、感触から察するに服を掴《つか》んでいる模様。コアラの本領発揮である。

そしていつものように頭のてっぺんをぐりぐりとする頭突きではなく、まるで匂いを確かめるように彼女は俺の胸に顔を押し付けていた。小日向の温かい吐息が俺の触覚を刺激している。

「――い、あ、あ」

もうだめ、これ以上はイケナイ。ワタシハニゲル。

言葉にならない声を発しながらも、俺は体格の差、筋力の差に頼って小日向の束縛を解除。どこに触れたかだなんて気にする余裕もなく、ただ俺は肉食獣から逃げる弱者のように布団を抜け出して、部屋の隅まで這っていったのだった。

あわただしい朝の一幕のあと、

『今日は智樹の家でお泊まり』

……なんだって？

「それはさすがに……どうなんだ？」

今日小日向家にお泊まりするのは、あくまで保護者がいるからオッケーをもらっているものだと俺は思っていたから、それはまた再確認が必要な気がするぞ。

しかも二日連続だし。

『ママは良いって言ってた』

「まぁあの人なら言いそうだけど……」

『智樹のパパも良いらしい』

「えぇ……マジ？」

『ママに聞いてもらった』

これはあれですか……いわゆる『外堀を埋める』ってやつですか？

両親公認の上、俺の家は人が泊められないという状況でもない。俺が来客用の敷布団で寝て、小日向に広々とベッドを使ってもらえば寝る場所に困ることはないからな。

残された砦《とりで》は、俺の意思しかない気がするのだが、

『智樹、頑張ったらお泊まりしていいって言った』

その砦すらも、小日向は容易にぶち壊していくのであった。


俺は彼女が外出の準備をしている間、布団を畳んでから外着に着替え、テーブルを元の場所に設置したのち、テーブルの前であぐらをかいて頭を抱えた。

「いやもう本当に展開が急すぎるんだよ……」

小日向の学力がヤバい！　なんとかしないと！

小日向が不機嫌だ！　なんとかしないと！

誤解が解けた！　中間試験も乗り切ったぞ！　やったー！

小日向家でお泊まり！　ウサ耳パジャマが可愛《かわい》いが心臓が持たないぞ！

終わったと思ったか？　残念、今度は俺の家でもう一日だぁ！

――といった具合である。この間、わずか二週間だ。ハードすぎん？

トタトタと廊下をいつもより早いペースで歩いている音が聞こえてきて、なんとなく小日向が「早く俺の家に行きたい」と思っているように感じた。

単純に待たせているのが申し訳ないだけかもしれないけど――ウキウキ具合から察する

に、前者の可能性が高いと俺は思っている。

「ま、別に何も変なことは起きないか。これまで大丈夫だったんだから」

誰もいない畳の間で、小日向の足音を聞きながら俺は呟《つぶや》いた。

うん、そうだそうだ。ポジティブに行こう。

しかし俺は、小日向の家にお泊まりするというイベントが割り込んだせいで大事なことを忘れていた——彼女がウキウキしている原因を、「お泊まり楽しみ」だけだと思い込んでしまっていたのだ。

『ちゃんと勉強できたらなんでもするから』

そんな言葉を小日向にかけていたということを……忘れてしまっていたのだ。

着替えと準備を終えた小日向は、俺の前に立ってふんすと息を放つ。

下はおそらく、エメパに行った時に着ていたものと同じ黒のショートパンツ。そして上はというと、なんだかとても見覚えのあるパーカーを身に着けていた。胸にロゴのある、俺の家のクローゼットにあったような服を。

「……気付かずに買った——ってわけじゃないよな？」

『おそろい』

どうやら彼女は理解した上で購入したようだ。俺が小日向の前で何度か着た、ショッピングモールで小日向が見つけてしまった、白のパーカーを。

この子の好意のぶつけかたはダイレクトすぎるんだよなぁ……ＫＣＣの会長なら三途《さんず》の川《かわ》を三往復ぐらいしてるぞきっと。

「もし俺がその服を着て遊びにきたとして、小日向も一緒だったらどうするんだ？」

『喜ぶ』

メジャーリーガーもビックリするほどの強烈なストレートである。

キャッチャービビってるぅ、へいへいへいっ！

などと脳内ではふざけてみたけれど、冷静になって考えてみたら『パパとおそろい』ということで喜んでいる可能性が残されているんだよなぁ。まぁどちらにせよ、俺には彼女の好意を拒否するような度胸はないのだけど。

閑話休題。

彼女は身体がより一層小さく見えてしまうような大きめのリュックを背負ってきたので、思わず代わりに持ってあげようとしたが、これは遠慮されてしまった。ふすふすと張り切っているようで、なんだか遠足に行く子供みたいな雰囲気だった。

外出前の唯香さんと静香さんに挨拶してから二人で家を出て、マンションを目指す。

コンビニで朝食と昼食を兼ねたお弁当を二つ買い、俺の家でニュース番組を見ながら二人で食べた。

空になったプラスチックの容器を片付けたら、作戦会議の時間である。議題は『今から何する？』だ。

「さて……明確にやることを決めていなかったわけだけど、なにしようか」

ここで小日向が喜ぶような提案を次から次に口から提出してみせれば、俺に対する評価もうなぎ上り――とはいかないだろう。むしろ、不信感を植え付けてしまいそうだ。

恋愛未経験の俺にできることといえば、意見を聞くことぐらい。

俺の問いかけに対し、小日向はすぐ隣でこちらを見上げながら首を傾《かし》げている。はい可愛い――コホン。

これが試験前ならば「勉強するか」と時間を潰すことができたのだが、さすがの俺も試験後に勉強する気にはなれない。勉強嫌いな小日向は言わずもがなだろう。

時刻はまだ昼の一時を少しすぎたところだ。夜は十二時前に就寝するとしても、十時間以上のフリータイムが残されているわけである。

もし景一や冴島がこの場にいたのならば様々な意見が飛び出していただろうし、ひとりだったならば適当にごろごろしていれば時間が過ぎていたはずなんだがな。

さて、小日向も俺と同様に案はないようだし、ここは家主である俺が捻《ひね》りださねばなるまい。

昨日の時点で俺が提案したのは『ゲーム、映画、アニメ』の三つ。一日経過したいまも、これぐらいしか家でやることは思い浮かばない。

さすがにずっとゲームってのも味気ないし……時間はあるからアニメの一気見でもいいか。

そう思って小日向に提案してみたところ、喰《く》い気味に了承の頷《うなず》きをいただいた。せっかくだから俺もまだ見ていないアニメを見ることにしよう。持ってきてくれた薫には今度視聴料としてジュースぐらい奢《おご》ってやるか。

「どうする？　ファンタジー系、ギャグ系、日常系、ラブコメ系とかいろいろあるけど」

俺の質問に対し、小日向は視線を宙に彷徨《さまよ》わせながら、自分の唇をぷにぷにと触っている。どうやら悩んでいるらしい。はい可愛――コホン。

「こっちおいで――表紙とかタイトルで決めてもいいから」

俺は立ち上がり、テレビボードに近づいてから小日向を手招きする。すると、小日向はコクコクと頷きながらこちらへと四《よ》つん這《ば》いの状態で近づいてきた。

なんだか自然に「おいで」なんて言葉が出てきてしまったけど……同級生に使う言葉と

しては正しいのか？　父が娘に掛けるならば自然かもしれないが。

そんなことを考えながら、四足歩行でぽてぽてと歩いてくる小日向を眺める。俺もその場に胡坐《あぐら》をかいて、小日向に見えるようにテレビボードの引き出しを開けた。

「そんなに種類は多くないけど、どれもワンクール分はあるから『続きがない！』ってことはないぞ」

「………（コクコク）」

「手に取って好きなやつを選んでいいからな。俺は全部見たことあるし、嫌いなものはないから」

「………（コクコク！）」

アニメを見るのが楽しみなのか、小日向は頷きながらお尻を左右に振っている。なんだか犬が尻尾を振っているみたいな感じだ。とてもかわ――コホン。

そんなこんなで、選ばれたのは可愛らしいタッチで描かれたラブコメでした。

このラブコメは以前見た「ねこねこパニック」のように気まずくなるような描写は無いと思う――だから一緒に見ても問題はない。

そう、このアニメの内容自体は何も問題ないと思うのだが、

「えっと……たしかにそんなことを言った覚えはありますが……小日向様は何をご所望で

しょうか……？」

いざアニメを見ようとしたところで、小日向がスマホの画面を俺に向けてきたのだ。そこには『智樹、なんでもするって言った』と書かれている。脅しかな？

小日向は俺が画面の文字を理解したことを確認すると、やや顔を赤らめながらもふすふすしている。いったい何を要求するつもりなのだろうか。

緊張しながら小日向の次の行動を待っていると、小日向はまずペチペチと俺の膝を叩《たた》く。それからぐいぐいと俺の身体《からだ》をテーブルから遠ざけるように押し始めた。

ふむ……とりあえず下がればいいのか？

ひとまず小日向の力に逆らわぬよう、胡坐をかいたまま手をついて少し後ろに下がってみる。それを見て小日向は『よろしい』とでも言うように満足げに頷いた。

そして——小日向が急接近。

「……え、これってセーフ？」

思わずそんな独り言が漏れ出してしまうような状況が出来上がってしまった。本当に無意識に、言葉が出てきてしまった。

小日向は胡坐をかいている俺の足の隙間を広げて、その少しの空間に自らのお尻をすっぽりと収めたのだ。そして俺の胸をヘッドレストのようにして、頭をコテンと倒してきている。

まさか……この姿勢でアニメを見ようってか？　え？　マジで言っておられます？　俺、彼氏じゃなくてクラスメイトですが？　クラスメイトの可愛い女子を、ほぼ抱きかかえたままアニメワンクール見ろと？

冷汗を流しながらピシリと身体を硬直させていると、小日向は俺に拒否をさせないためか、正面を向いたまま再度スマホの画面を見せてくる。そこには変わらず『智樹、なんでもするって言った』と書かれていた。いや、たしかにそうなんだけども！

まぁ……誰にも見られてないし、二人だけの秘密にしておけばいいのか？　約束を破るのは嫌だし。

っていうかお泊まりしたり抱き着かれたり、手を繋《つな》いで登下校している時点でなぁ……。どこかの書店に各行為の恋愛レベルを数値で示した本はないものか。一万までなら出す。

「……これがご褒美になるのかはわからないけど、小日向、勉強頑張ったしな……」

自分を納得させるようにそう言うと、小日向は後頭部を俺の胸にスリスリとこすりつけてくる。お前はもっと自分の愛らしさを自覚しろバカ！

しかしこの体勢のままでアニメワンクールか……。

うっかり抱きしめないようにしておかないと、一歩間違えれば本気で小日向のことを女

の子として好きになってしまいそうだ。

いったいどういう経緯を辿《たど》れば、関わるようになってまだ一ヶ月とそこらのクラスメイトとここまで急接近することになるのか。俺自身でさえ過去を振り返っても「どこが分岐点だ？」と首を傾げてしまいそうである。

俺が一人暮らしをしているマンションで、俺の足に包まれるように体操座りをしている小日向は、おそらく十人中十人が認めるであろう学校の人気者だ。いや、もしかしたら何かの間違いで十一人とか十二人になるかもしれない。

俺も一年のころは「なぜあそこまで特別視されているんだろうか」と思っていたけど、一緒に過ごしてみればその原因を理解せざるを得ない。

たとえ無表情でも、たとえ無口であっても、彼女は周囲を魅了するだけの可愛《かわい》さを持ち合わせているのだ。『笑顔が可愛い』なんて言葉はよく耳にするけれど、無表情の子を可愛いというのは滅多《めった》に聞かないし――それだけ小日向が特殊だということだろう。

現在その可愛すぎる女の子はテレビの画面にくぎ付けになっているのだが、その姿を真後ろで見ている俺としては、アニメよりも小日向が気になってしまうわけだ。仕方のないことである。

約五時間――俺たちはぶっ続けでアニメを見続けた。第十話が終わったところで、小日向は俺の顔を勢いよく見上げてくる。

俺の胸に頭をくっつけた状態で、「これどうなるの⁉」と言っているような感じだ。

「次が気になる展開だよな」

「…………（コクコク）」

俺の言葉に対し、小日向は「うんうん」と言った様子で頷く。彼女が口を開くまでもなく、言いたいことはだいたいわかる。これが経験値ってやつか。俺はいったいいつの間にレベルアップしていたんだろう。

小日向から離れ、俺は次のＤＶＤをセットするべく立ち上がる。この二話ごとに訪れるＤＶＤ交換のときに、お互いトイレを済ませたり、冷蔵庫からお茶を補充していたりする。

現在の小日向はテーブルに置かれたお茶の入ったコップを両手で持ち、コクコクと喉を鳴らしていた。はい天使。

ラストの十一話と十二話が収録されたＤＶＤをセットし終え、元の場所に戻ってきた。

そして小日向のお尻を包み込むように胡坐をかく。最初は戸惑ったし恥ずかしかったけれど、この行動もすでに五回目だからな。慣れとは怖いものだ。

そして小日向も俺の行動を当たり前のように受け入れ、すぐさま俺の胸にもたれかかってくる。軽い小日向の重みが、温《ぬく》もりとともに俺の身体へと伝わってきた。最初は火照って仕方がなかったのだけれど、今はそうでもない。

「いや慣れたらだめだろ……」

思わずそんな言葉をつぶやくと、小日向がキョトンとした顔でこちらを見上げてきた。

「──なんでもないよ。ほら、始まるぞ」

俺がそう言うと、小日向は一度頷いたあとテレビに目を向ける。そして後頭部を俺の胸にスリスリ。

はたしてこの光景を見た人物の何割が『恋人じゃない』ということを信じてくれるのだろうか。俺はそんなことを考えて、思わず苦笑してしまった。

☆　☆　☆　☆

困難とか苦難とか、そういうあまりよろしくない出来事というものは、俺の経験上なぜか塊になってくることが多い。もっと小出しにしてくれよ──と思ってしまうこともしばしば。本当になんでなんだろうな。

「小日向、その、風呂はどうするんだ？」

アニメを見終わって少しのんびり話をしたあと、俺はおそるおそる小日向に問いかける。

ちなみに未《いま》だに小日向は俺の足の中にすっぽりと収まっており、シートベルトの役割を果たす俺の腕をニギニギしている。可愛い。

晩御飯は冷食のチャーハンを炒《いた》めて、レトルトの味噌汁《みそしる》を温めるだけでいいか――そんな話をしたところで、風呂について何も考えていなかったことに気付いたのだ。

俺の問いかけに対し、小日向は手を伸ばして自分のリュックをぽすぽすと叩く。

「ふむ……荷物――あぁ、着替えが入ってるってことか――んぁ⁉　ってことは俺の家で入るの⁉　いや、俺は別にいいけど、小日向はいいのか？」

恥ずかしいという理由や、男を警戒しているという理由ならまだしも、男の家のむさくるしい風呂になんて入りたくない！　とか言われたらたぶん俺は寝込む。悲しくて景一に泣きついてしまいそうだ。

「…………（コクコク）」

そ、そうかぁ……気にしないのかぁ。

嬉《うれ》しい気持ちと小日向を心配する気持ちが同時に湧いてくる。

小日向は男を警戒するということをきちんと学んだほうが良いと思うんだ。「アメあげるから」と言われたら、そのままフラフラと付いていきそうなレベルで俺は不安です。

まぁそれは今後の課題にするとして、いまはそんなことよりも風呂問題である。

「ち、ちなみに静香さんと唯香さんは知ってる？」

「…………（コクコク）」

「そうかぁ……家族公認かぁ」

困った。

いや、別に困るようなことはないんだけど困っている。どういうことだ。俺にもわからん。

俺は一度ため息に近い深呼吸をしてから、諭すように小日向へ声をかけた。

「いいか小日向。普通高校生の女子が、一人暮らしをしているクラスメイトの男子の家に泊まったり、風呂に入ったりすることはないんだぞ？」

「…………（コクコク）」

「俺はお前のことが心配だ。いくら仲良くなったからって、ほいほい男の家に泊まったりしたらダメなんだからな？　悪いことを考えるやつだっているかもしれないんだぞ」

「…………（コクコク）」

「本当にわかってるのか？」

「…………（コクコク）」

「む……じゃあいいけどさ……」

いや良くないんだけど⁉　なんで俺は肯定だけで納得させせられているんだ⁉　小日向マジックか⁉　それとも俺がバカなのか⁉

「と、とにかく。俺は小日向が嫌がるようなことをするつもりはないから安心してくれ。風呂を覗《のぞ》いたりしないから、な？」

――と、俺は慌てていたせいか、つい余計な一言を付け加えてしまった。

これでは逆に俺が小日向のお風呂イベントを意識しちゃっているみたいじゃないか。意識してるけどさ！　気にしないようにしてんだよ！

俺の言葉に対し、小日向は無言で俺の目をジッと見つめてきた。意思の読み取れない、真っ直《ま》ぐ《す》な視線である。彼女はしばらくそうして左右に揺れている俺の瞳を凝視したあと、スリスリと頭をこすりつけてきた。

いったいなんだったんだろうか今の間は……。

もしかして『覗きそう』だとか思われてたりしないよな？　大丈夫だよな？

「先に布団の準備するか」

疑いの目を向けられないように、話題を別のところに移すことにした。

ベッドが崩壊し、先日新しいベッドが我が家にやってきたことは、小日向も知っている。それがダブルベッドサイズであるということもだ。

しかし、別にダブルサイズだからといって、二人で一緒に寝なければならないという決まりがあるわけでもない。一人が広々と使ってもいいのだ。

それに我が家には景一や親父《おやじ》が泊まる時のために、クローゼットの中に布団一式が揃《そろ》っている。ここまで来て何をヘタレてるんだと景一に言われそうだけど、相手が付き合っていない女子であるということを考慮すれば「一緒に寝ようか」なんて提案することは難しいのだ。

いや、だけどなぁ……明らかに小日向は俺と一緒に寝ることを望んでいる気がするのだ。

俺の勘違いでなければ。

やはりここは男らしく、俺から提案するべきだろうか。かなり恥ずかしいけども。

そんな風に考えていると、いつの間にか小日向が俺にスマホの画面を向けており、ふすふすと鼻を鳴らしていた。

『智樹、なんでもするって言った』

そこには見たことのある文字列が並んでいる。

そしてそのすぐ下の行には、新たな文章が付け加えられており――、

『一緒に寝る』

まさにいま俺が言おうとした言葉を、小日向は自ら提案してくれた。

俺は「しょうがないな」と照れ隠しの言葉を返して、そっと頭を撫《な》でるのだった。

時刻は夜の八時過ぎ。

夕食を終えてから、すでに俺は風呂を済ませてジャージに着替えていた。テレビの画面では芸人が面白おかしくクイズの珍回答をしているようだが、あいにく俺の聴覚はそちらの音声を拾っておらず、後方から聞こえてくる生活音を必死に聞き取ろうといている。

無論、意識的なものではない。

しかし気にしないようにすればするほど、水の滴り落ちる音とか、カタカタと何かを動かす音が気になってしまうのだ。思春期の男子ゆえ、許してほしい。

現在、小日向は俺が普段使用している風呂に入っている。

徒歩十歩圏内に一糸まとわぬ小日向がいるんだぞ？　冷静でいられるわけないだろ。もしこの場に生徒会――ＫＣＣの連中がいたならば、たぶん今頃はマンションの前に救急車が赤いランプを点灯させて停車しているに違いない。

バタバタと倒れていく会長や副会長の姿がありありと思い浮かぶ。俺でさえ、うっかりと鼻血を吹き出してしまいそうなのだから、あの変態どもは言わずもがな。

やがて、風呂からあがったウサギさんスタイルの小日向が、自前のタオルを頭に載せて部屋へと帰ってきた。俺が渡したバスタオルできちんと水気はふき取っていたようで、頭上にあるタオルはまだカラカラに見える。

小日向の手には俺が用意していたドライヤーが握られており、どうやら脱衣所のコンセントから抜き取って持ってきたらしい。リビングで乾かしたかったのだろうか。

「おかえり。何か不便はなかったか？」

胡坐《あぐら》をかいたまま後ろを振り返って問いかけると、小日向はコクコクと頷《うなず》く。それからテコテコと俺のもとに歩いてきて、無言ですっぽりと俺の足の中に収まった。

小日向の全身からは、俺が普段使っているシャンプーやボディソープの香りが漂ってきており、なんだかとても安心する。――というか、なんの躊躇《ためら》いもなく当たり前のように俺の前に座ったな、小日向。今のはかなり危険だったぞ。鼻血的に。

「髪、乾かさないのか？」

動揺を悟られないようにしつつ問いかけると、小日向はぐいっと顎を上げて、俺の顔を見ようと首を後ろに曲げる。さすがにそれだけじゃ俺の顔まで見えないだろうから、俺も上から小日向を覗き込むようにした。顔がとても近い。

「あぁ……俺に乾かして欲しいと――これも『なんでもする』ってやつ？」

「………（コクコク）」

とんだ甘えん坊さんだ。可愛《かわい》くてしかたがない。

そういえば静香さんが前に、小日向のことを『めちゃくちゃ甘えん坊だった』って言っていたよなぁ。つまりこれは、小日向が以前のように戻っているということであり、いい傾向と言っていい……のか？

いや、彼女の将来を考えると表情が戻るだけで良かったような気もするな。甘えられる側としては嬉しいので、特に言及するつもりはないけど。

「下手くそだったら遠慮なく言ってくれ。人の頭とか拭いたことないからわからん」

「…………（コクコク）」

あまりにも無警戒な小日向に、ため息が漏れそうになる。

このままぎゅっと抱きしめても、無防備にこんな行動に出てしまう小日向は文句を言えないんじゃないだろうか？　そんなことを考えながら、俺は小さな頭に手を乗せて、ごしごしと小日向の頭を拭き始めた。

テレビを見ながら小日向の頭をタオルで拭いて、ドライヤーでぶおーっと髪を乾かしたわけだけれど、一番の問題はこれからである。そう、就寝だ。

「もう一度確認するが、本当にいいんだな……？」

「…………（コクコク）」

二人で仲良く縦に並んで歯磨きをしてから、俺の自室へと移動。

現在の俺たちは二人並んで新品のベッドに腰かけている状態だ。新品だけあって、俺たち二人が腰かけてもビクともしない。もしかしたら壊れにくい素材のものを親父が選んでくれた可能性も無《な》きにしも非《あら》ず。

いつもより速い頷きのスピードだし、きっと小日向は嬉しいのだと思う。恥ずかしさもわずかに感じていそうだけど、それはきっと隠し味程度のものだ。俺と一緒に寝るだけでここまで喜んでくれるとなると、相手である俺も嬉しい。

小日向がなぜ表情を失ってしまったのか――もしそのことを俺が知らなかったのなら、当然のように『俺のこと好きなんじゃないか？』なんて勘違いしてしまっていただろう。

だが、俺は『父親の死』という原因を知っている。

一緒に寝たいというのも、たぶんそれが根本にあるのだろう。

だが俺は妹もいなければ娘もいないわけだし、恋人がいたこともない。

小日向と違って、俺は彼女のことを家族のように思うことはとても難しいのだ。しかし、そうしなければならない。他の誰でもなく、小日向のために。

小日向が完全に復活した時は、腹いせに『ずっと我慢してたんだぞ』とか言って抱きしめてやろうかな。突き飛ばされたらたぶん俺は泣く。頭突きなら歓迎するけれども。

それから俺たちはオレンジ色の豆電球だけを点《つ》けた状態で布団に入ったのだが、時刻はまだ十時をすぎたところで、俺としては寝るには少し早い時間だ。しかし小日向はちょうどいい時間のようで、瞼《まぶた》から少しずつ力が失われてきている。

「……狭くない？」

「………（ふるふる）」

小日向が首を横に振ったのを確認して、俺は「そっか」と短く返答。視線を再び天井へ向ける。

小日向はベッドの壁側にいて、俺は部屋の中央側。

ダブルベッドとはいえ、二人で寝るとなるといつもより少し狭い。

ベッドが到着したあとに調べてみたところ、どうやら以前まで使っていたシングルサイズは幅が一メートルで、ダブルサイズは一メートル四十センチほどらしい。ひとりあたりの幅は七十センチだから、普段より三十センチほど狭くなるわけだ。

だけど、もしベッドから転がり落ちるとしたら俺のほうだし、問題はない。問題があるとすれば、お互いに中央に寄りたくなるので、自然と距離が近くなるということぐらいだ。

枕は俺が普段使っているものを小日向が使用しており、俺は景一たちが使うものを使用。

小日向は顔を横に向けた状態で、じっと天井に目を向けている俺の顔を見ていた。視界に入っているから、それがわかってしまう。

「どうした？」

あまりにもじっと見られていたので、俺も顔を横に倒して小日向に目を向けた。すると彼女は眠そうに目をこすってから、するすると布団に潜り込み、俺のお腹《なか》あたりに抱き着いてくる。しかも結構力強く、自らの顔を押し付けるように。

寝惚《ねぼ》けている時ならまだしも、小日向まだ普通に起きてるんだよなぁ。

嬉《うれ》しいけど……嬉しいけどもっ！　何度だって言うが、俺たちはカップルじゃないんだぞ！　わかってんのかこの天使！

「ま、まぁ、『なんでもする』って言ったし」

小日向に聞こえるように、そして自分に言い聞かせるように、俺はそんなことを呟《つぶや》くのだった。


朝が来た。

こうやって小日向と一緒に朝を迎えるのはこれで二回目である。

一睡もできないのではないかという懸念が前回同様あったけど、やっぱり俺は小日向が寝たあとにすぐ寝たらしい。彼女の寝息には睡眠作用でもあるのだろうか？

それは今後の研究テーマにするとして。

俺は間違いなく恋人のいない高校生が送っていないような幸せを享受しているわけだが、俺ぐらい我慢を強いられている高校生もまた少ないだろうと思う。

だが、その我慢も相手が起きていなければあまり関係のない話で、

「……やわらか」

つい魔がさしてしまい、俺はまだ夢の中にいる小日向の頬《ほお》をぷにぷにと人差し指でつついていた。寝起きだからあまり理性が仕事をしなくても仕方がないよな、と寝起きにしてははっきりとした思考で言い訳しつつ、ムニムニと感触を楽しむ。

小日向の頬からはマシュマロとか、大福とか、そんな甘く柔らかい食べ物が連想される。

俺が初めて「食べてしまいたいぐらい可愛い」という言葉の意味を理解した瞬間だった。ちょっと意味が違うかもしれないけど。

今度はちっちゃい鼻をムニムニと押してみる。へにゃへにゃと動いて可愛い。

あ、ちょっと瞼が動いた。起きるか――？　いや、まだ起きそうにないな。

「本人はもちろん、景一たちに見られたら色々言われそうだな……あと小日向一家とか」

枕に肘をついた体勢で、空いた左手で小日向にそんなことをしていると、まさかの反撃がやってきた。

「──いぃっ⁉」

小日向が俺の行動に対し、怒って手を出したわけではない。

まだ彼女は夢の中である。そして彼女の手は俺が目覚めてからずっとジャージを握りっぱなしで、全く動いていない。動いたのは、彼女の口だった。

小日向は鼻をムニムニとしていた俺の指を、まるで棒キャンディを差し出された幼子のごとく、ぱくりとくわえたのだ。お湯に指を突っ込んだ時のように、熱とも言っていい温《ぬく》もりが俺の指の第二関節まで襲いかかってくる。

それから小日向は口の中にある物質の味をたしかめるように、舌を俺の指の周囲に這《は》わせ始めた。

窓の外から聞こえるのは小鳥のチュンチュンという鳴き声。そしてこの部屋から聞こえるのは小日向のちゅぱちゅぱという、とてもエ──

「はいアウトぉおおおおっ！」

早朝から俺はそんなことを小声で叫びながら、小日向の口から慌てて自分の指を引き抜いた。

ちゅぽんという可愛らしい音を立てて引き抜かれた人差し指は、カーテンの隙間から差し込む朝日によって神々しく照らされていた。というかテカテカとしていた。

「神様すみません……私が悪うございました。もうしません……」

きっとこれは小日向にいたずらした罰なんだ、すみませんでした神様…………ん？　これはそもそも罰なのか？　いやいやいやいやいやご褒美だなんて思ったらダメだろうに！　色々とまずいから！

「えぇ……この指どうすればいいんだよ……」

顔を引きつらせて、自らの濡《ぬ》れた指を眺めていると、小日向の目がぱちりと開く。彼女は何度か目をこすると、再び瞼を閉ざしてぎゅっと俺の身体《からだ》に抱き着いてきた。

「……ぐっ……ま、まぁこの程度ならば」

これまでも何度か抱き着かれたし、少しぐらいは耐性ができて――、

「だ、ダメだ小日向、それ以上は――っ」

――いると思ったのだけど、俺の胸の位置にあった小日向の頭がもぞもぞ上昇を始めてしまったところで、呆気《あっけ》なく敗退。なんだか人妻に誘惑されているのを断っているみたいなセリフが出てきてしまった。以前景一たちとドラマで見た光景である。

やがて、小日向は俺の肩に顎を乗せるような位置にまで上がってきて、自らの頰を俺の頰にピトリとくっつける。俺の頰が熱くなっているせいか、小日向の肌はひんやりとしているように感じた。

「へ、へ、うへへ……」

ついに俺の頭はおかしくなって、何も考えることができず、口から吐き出されるのは気持ちの悪い笑い声。だけどこの状況になってもまだ耐えている俺は、褒められてもいいんじゃないかと思うんだ。

☆　☆　☆　☆

「おはよう小日向。コンビニでサンドイッチ買ってきたけど、あとで一緒に食べるか？」

俺は小日向から逃げるようにコンビニへと移動し、朝食を購入。

そうやって冷静さを取り戻してからマンションに帰ってくると、すでに小日向は目覚めており、ベッドの上で可愛らしく女の子座りをしていた。彼女は俺の姿を確認すると、よろよろとベッドから降りてきて腰に抱き着いてくる。

最近、抱き着き頻度多くないですかね小日向さんや……俺はあなたの彼氏ではないんですが。

しばらく腰に抱き着いて頭をぐりぐりした小日向は、俺の顔を見上げてコクコクと頷《うなず》く。

たぶんだけど「おはよう」って言いたいのではないかと思う。

抱き着くまでされているのだから、俺のほうから少しぐらい手を出しても文句は言われ

ないだろう――そう思った俺は小日向の頭に手を置いた。そして優しく髪を梳《す》くように、頭頂部から後頭部へと手を移動させる。

こちとら朝っぱらから指を舐《な》められているんだ。これしきのことで恥ずかしさはない。

――嘘《うそ》です。頭を触るのは数回経験したけど、まだやっぱり少し顔が熱いです。

「周りに見られたら『いちゃついてる』だなんて言われちゃうから、二人だけの時にしような」

俺がそう言うと、小日向はほんのり頬を赤く染めて首を縦に振る。

小日向が俺に抱き着いてくるのは、いちゃついているというわけではないだろうし、そんな風に思われたら彼女は迷惑に思うはずだ。

俺の場合、単純に恥ずかしいから止《や》めてほしいのだけども。

☆　☆　☆　☆

小日向家にて金曜から土曜にかけて宿泊し、土曜から日曜にかけては我が家に宿泊。

ただ、昨日と違って今日はバイトがあるので、昼前に自転車を押して小日向を家に送り届けたのち、俺はいつも通り喫茶店【憩《いこ》い】へ向かった。

「ふむ……さては杉野、なにかいいことがあっただろう？　あぁ、私にはわかるとも。杉野マスターである、この私にはな！」

　杉野マスターを名乗るなら景一を超えてからにするんだな。あいつは俺のことを知りすぎてちょっと怖いぐらいだし。

「店長はいつから俺のマスターになったんですか……」

「杉野が生まれた時に」

「あんた俺の出生立ち会ってないでしょうが！」

　俺が声を大にしてツッコむと、喫茶店【憩い】の店長は「バレタカー」と棒読みしながら額に手を当てる。動きがいちいち大げさで、なんとなくバラエティ番組に出てくる芸人さんみたいだ。

　現在お団子状にして白いコック帽に収められている黒く長い髪は、腰に届きそうなほどに長い。見た目的には大学生の静香さんと同年代に見えるほど若いけど、実際のところは二十――いや、心の中だとしてもこれ以上はやめておこう。まぁ、美人である。

　本日は日曜日。時刻は夕方の四時半。

　普通の喫茶店ならば客が入っていてもおかしくない時間なのだが、俺はいつも通りテーブルと床の掃除に精を出していた。平日の昼間には常連さんがわりと来ているらしいから、まぁそれでバランスが取れているということか。

それから店長が「冗談はさておき」と話を切り出してきたので、俺は掃除する手を止めて顔を上げた。

「昨日も今日も二人組の女性客相手に対応できていたしさ、苦手は治ったのかい？」

カウンターに肘をついた体勢で、店長はそんなことを聞いてくる。

「マシにはなりましたね。完全に克服したってわけじゃないですけど……これからは多分店長に代わっていただかなくても大丈夫だと思います」

俺がそういうと、店長は「それはよかったな」と笑顔になった。

「きっかけはやっぱり前にきた学校の子たち？　そういえばなんか不思議な座り方してたけど、アレはなに？　カップルとその他みたいな」

「俺に気を遣ったらしいですよ」

店長の言う『カップルとその他』という表現も間違っていないような気はするが、これに関しては現状では違うということで。時間の問題のような気もするけど。

「そこまでしなくても別に良かったんですけどね。小日向は――あぁ、一人で座ってたその他のほうの子なんですけど、あいつは本当に喋《しゃべ》らなくて、俺にとってはめちゃくちゃ居心地のいい女子なんですよ。だから、女性に慣れてきたのは小日向のおかげってのが大きいと思います」

もちろん景一や冴島、そして薫や優なんかの積み重ねのおかげでもある。

でも、一番大きなきっかけとなったのは、やはり小日向だと俺は思うのだ。

最近は居心地が良いというよりも、心臓をバクバクとさせられることが多いけれど、嫌な気分になるということは一切ない。幸せである。

今日バイトに入る直前には『お仕事頑張って』とわざわざチャットしてきてくれていたし、なんだか本当にカップルになった気分だ。

そう思っているのはおそらく俺だけというのが、実に空《むな》しいのだが。

俺の言葉に「ふむ」と考える仕草をする店長。

「つまりあれか……今後はもう少しスキンシップを増やしてもいい――そう受け取っていいのかい？」

「どこをどう受け取ったらそうなるのかわかりませんが、ダメです。あと店長のはスキンシップじゃなくてプロレスです。それにそもそも店長に対してはあまり苦手意識を感じてないので、変わんないですから」

ため息交じりにそう言うと、店長は「はっはっは」と豪快に笑うのだった。

☆　☆　☆　☆　☆

バイトが終わり、マンションへと帰宅。時刻は夜の九時過ぎだ。

なんだか最近はずっと小日向と過ごしてばかりいたから、ほぼ一日小日向と顔を合わせていないというのはかなり久しぶりな気がする。バイト前までは一緒にいたから、丸一日というわけではないが。

たかだか一週間ともに過ごしただけだというのに、小日向がいないと違和感を覚えてしまうのか……彼女はもともと無口だから、いてもいなくても静かなことには変わりないのに。不思議だ。

風呂から上がり、ベッドに横になってスマホでネットサーフィンをしていると、チャットの通知がきた。

景一か小日向だろうか——そう思ってアプリを開くと、相手はなんと小日向姉——静香さんである。

「なんだろ」

疑問に思いながら文章を確認してみると、『智樹くん今家だよね？』とのこと。

なぜそれを聞くのかはわからなかったが、とりあえず俺は家にいることを伝えた。すると、静香さんから『ちょっとお届け物があるから今から持って行くねー！』と返信がくる。

そして追加で、十分後に着くからエントランスまで降りてきてほしいと伝えてきた。

「お届け物ってなんだ？　親戚から果物を大量に貰《もら》ったとか？」

そんな疑問の言葉を呟《つぶや》きながらも、俺は身支度を整える。といってもシャツの上にジャージを着るだけだが。

やっぱり、食べ物系かなぁ……一人暮らしの俺としてはとてもありがたいが、ちょっと申し訳ない気にもなる。食費が浮いた分、小日向に何かおごって還元すればいいだろうか。

というかわざわざこんな夜遅くにもってこなくても……明日小日向から学校で聞けば、帰りに立ち寄ることもできたのに。もしかして足がはやい生モノだったりするのか？　俺、もうバイト先で夜ご飯食べたんだけども。

楽しみ半分、そして申し訳なさ半分を抱えて、俺はエレベーターを使ってマンションの入り口までやってきた。

それから外で待つこと一、二分。見覚えのある車がマンションの前に停車し、窓から静香さんが手を振ってきた。

小日向は……いないっぽいな。残念。

「こんばんは智樹くん、夜遅くにごめんね～」

「いえいえ、わざわざありがとうございます。というかお届け物って何ですか？　あまり高価なものだとさすがに申し訳ないんですけど」

「大丈夫大丈夫〜」

静香さんはそう言って、ヘラヘラと笑いながら車を降りると、後部座席のドアを「よいしょ」と開ける。助手席にはおけない感じの荷物なのか？　結構大きめだったり？

重たい荷物だったら俺が手伝ったほうがいいよな——そう思って車へと足を進め、車の中を覗《のぞ》き込んでみると、そこには白い布袋に包まれた大きな謎の物体があった。

「…………」

俺は無言である。言葉を失ってしまったと言ってもいい。

ソレは大きな白い布袋で包まれているのだが——雰囲気的に、ラッピングされていると言ったほうが適切なのかもしれない。

上の開口部らしき部分は大きな赤いリボンで蝶々《ちょうちょ》結びされているし、袋の部分には星形やらハート形のシールがいたるところに張り付けられている。

そして何よりも無視できないのが、布の底のほうから、つい最近間近で見たことがあるような生足が二本、にょきりと飛び出しているのだ。ご丁寧にシートベルトまでしてあるお届け物である。

俺は無言でその光景を見ながら、飛び出している足をペチと叩《たた》く。すると袋全体がもぞもぞと動き始めた。はい可愛《かわい》——じゃなくて。

本当になにがしたいんだよ、小日向一家……。

白い布に包まれた二足歩行の生き物――プレゼント型小日向を下車させた静香さんは、「ママと飾りつけしたんだよねぇ。我が妹ながら可愛い」と、親公認であることを暗に伝えてから、颯爽《さっそう》と去っていった。まぁ車だったら一、二分ぐらいの距離だけども。

プレゼントからにょきりと飛び出した足の横には、いつの間にかボストンバッグが置かれている。おそらく中には制服などが入っているのだろうと予測。

「……前が見えないだろ。このままだと転ぶから、リボン外すぞ」

棒立ちで動かないプレゼントにそう言うと、袋がもぞもぞと動く。たぶん、首を縦に振っているのだと思う。

赤いリボンの先端を両側から引っ張ってほどき、口を緩めると、中からはどこかドヤ顔っぽい小日向の顔が現れる。ふすふすしていらっしゃる。

はいはい、びっくりしましたよ。こんなサプライズをされた経験はないからな。

「一応確認しておくけど、泊まりにきたんだよな？」

「…………（コクコク）」

「まぁ別にいいけど、急だからびっくりしたよ」

「………」

「嬉《うれ》しそうでなによりです」

表情はあまり変わらないが、いつもより大きめのふすーをいただいた。

しかしそもそも、なんで小日向は泊まりに来たんだろうな？
☆　☆　☆　☆

プレゼントスタイルが気に入ってしまったようなので、小日向の首の位置でもう一度赤いリボンを結び、俺の部屋へ向かった。当たり前だが、ボストンバッグは俺が運んでいる。だって今の小日向じゃどう考えても運べないし。

運悪くエレベーターで仕事帰りのサラリーマンと出くわしてしまい、ぎょっとした表情をされたあと、「俺もそんな青春を過ごしたかった」としんみり呟かれてしまったので、「お仕事お疲れ様です」と返事になっていない言葉を言っておいた。青春してすみません。

「はいはい、手が出てないんだから転ぶなよ」

手のない雪だるまみたいな小日向を補助して靴を脱がせ、二人で寝室へと向かう。もう時間も遅いし、さすがにこれからゲームとかはないだろ。明日から学校だし。

小日向は俺の部屋に入るなり真《ま》っ直《す》ぐベッドへ向かい、前に倒れるように布団にダイブ。それから身をよじって仰《あお》向《む》けになり、俺の顔を見てまたふすふす。

はいはい可愛い可愛い、どこからどうみても天使ですよ。

なんというかもう……今の小日向の格好はまるで「襲ってください」って言っているみたいじゃないか。

もしかして小日向は俺の理性を殺そうとしてるんじゃないだろうな？　小日向というか、小日向一家で。というか俺の理性を崩壊させてどうすんだ。いじめですか？

「頼むから他の男の前でしないでくれよ……？　相手が彼氏とかだったら、俺が口出しすることじゃないけどさ」

小日向の頭上、ベッドの空いたスペースに腰かけてからため息交じりにそう言うと、小日向はこちらに目を向けてから「もちろん」といった様子でしっかりと頷《うなず》く。

本当にわかってんのかよ……それがわかるなら今の俺の心境も把握してくれ。

俺に対してまったく警戒する気配がない小日向を見て、俺は何度目かわからないため息を吐《つ》く。小日向は真顔できょとんとしていた。

俺も小日向にいじめられているんだから、少しぐらい仕返ししても許されるだろう。注意喚起もかねて、ちょっと脅かしてやるか。

「小日向は今ラッピングされているんだよな？　プレゼントみたいに」

俺の問いかけに対し、小日向はどこか得意げにコクコクと頷く。

「つまり小日向は、自分を俺にプレゼントしたわけだ。じゃあこのプレゼントは、俺が好きなように扱っていいってことだよな？　何しても、許されるはずだよな？」

仰向けになっている小日向ににじり寄りながら、俺は少し脅すような口調で言った。そして袋に包まれている彼女の肩を、ぐっとベッドに固定するように片手で押さえる。

身動きを封じられた小日向は、目を丸くして逆さまに見えている俺の顔を凝視。

実際のところ、俺が本気で小日向を襲おうと思えば彼女に抵抗するすべはない。手は動かせないし、声を出すこともないし、身体《からだ》の大きさも力の強さも違う。

もしかするとこれをきっかけに俺のことを怖く思ってしまうかもしれないが、これで少しは小日向も男に対して警戒心を――、

「いや頷いたらダメだろ！　アホかお前は！」

小日向はまるで「どうぞどうぞ！」とでも言いたげにコクコクと高速で頷いていた。なんでやねん！　こんなん思わず関西弁になってまうわ！

ツッコみと同時に小日向の頭をペシッと叩くと、彼女は嬉しそうに身体を動かして俺の太ももの上に頭を乗せる。そしてお腹《なか》にぐりぐりと頭を擦りつけてきた。

いちおう「どうぞどうぞ」に恥ずかしさは覚えているようで、耳はほんのり赤くなっている。もしかすると顔を隠すための頭突きかもしれない。

小日向はしばらくそうやって頭を擦りつけたあと、俺の太ももに頭を乗せた状態で、こちらを見上げながら頭を左右に転がす。

だめだこの天使……どうしようもねぇ……。

そして彼女のこの行動を嬉しく思ってしまう俺も、どうしようもねぇ……。

「はぁああああ…………どうなっても知らないからな」

俺は肩を落としてもう一度深いため息を吐いてから、そんな言葉を漏らす。

それは小日向のことを襲ってしまうかもしれないという意味ではなく、異性として好きになってしまうかもしれないという意味だ。

そして小日向は「別にいいよ」とでもいうように、頭を俺の太ももに乗せたまま頷く。

なんだかもう、いいや。気にするだけ無駄な気がしてきた。

しかし……異性としての好きと、俺が小日向を大切に思う気持ち——この二つにどこか違いはあるのだろうか？　なんだか混乱して、よくわからなくなってきてしまった。

小日向と一緒に寝るからといって、別になにかあるわけではない。なにかあってもおかしくない状況ではあるのだけど、俺たちの間にそんなことは起こらない。

この日々がこの先ずっと続くというのならば断言はできないが、数日間耐えるというのならば女性に耐性の無い俺にも可能だ。事実、これまで何もなかったわけだし。

プレゼントの中身は前に見たウサギさんスタイルだった小日向だが、起床時にはいつも通りコアラになっていた。

ひとりで寝ている時は布団にしがみついてそうだなぁ……と、家での小日向の姿を妄想したりしながら、俺はお腹に抱き着いている小日向を眺める。

このままにしておいても精神衛生上大変よろしくないので、ペチペチと遠慮なく小日向のおでこを叩いて起こす。返答としておはようの頭突きを頂戴した。

「おはよ。ちゃんと寝れたか？」

「………………（コクコク）」

「そっか――というかいまさらだけどさ、どうして俺の家に来たんだ？　お泊まりは最近いっぱいしていただろ？」

俺と小日向は試験対策の時から始まって、ほぼ毎日長い時間一緒に過ごしていた。日中は学校で一緒だったし、放課後も一緒に勉強。試験が終わってからも二日連続のお泊まりだったわけだし。

俺の問いかけに対し、小日向はほんのり下唇を突き出して不満げな表情を作る。この拗《す》ねたような顔は本当にわかりやすくなったよなぁ。しかしなぜ拗ねる。

小日向は少し眠そうな顔で抗議をするように俺の目をジッと見てから、布団に入ったまま手を伸ばし、枕元に置いてあった自分のスマホをポチポチ。画面を俺に見せてくる。そこには『ずっと智樹見てない』と書かれていた。

「え、えぇ……？　今日俺がバイト行くまで一緒だったぞ？　それでも足りなかったってこと？」

自分で言うのも恥ずかしいが、その意味以外にこの文面を捉えることができなかったので、確認のために声に出して聞いてみる。小日向は目を閉じたままコクコクと頷いた。

「そういう恥ずかしいことを言うなら、ちょっとは照れような？」

「…………」

瞼《まぶた》を持ちあげて一瞬キョトンとした表情になった小日向だが、どうやら状況を理解したようで、ほんのり顔を朱に染めていく。そして俺の鎖骨あたりをぺちぺちと叩き始めた。

もしかしてまだ寝起きだからあまり頭が働いていないのだろうか？

というか照れて欲しい場面はこれまでにたくさんあったのだけど……プレゼントスタイルとか、一緒に寝ていることとかいろいろ。恥ずかしさより楽しさが勝っていたんだろうか。

「このままだと学校でも勘違い――は、もうすでに手遅れだよなぁ」

もはや公認カップルみたいになっちゃっているし。付き合ってないのに。

だけど手を繋《つな》ぐし抱き着くし一緒に寝ていると言えば、誰だってそう思うよなぁ。俺だってそう思う。

エピローグ　発言は計画的に

「昨夜《ゆうべ》はお楽しみでしたね？」

　朝のＨＲ前。

　そろそろ担任がやってきそうな時間帯になり、皆が席に着き始めると景一《けいいち》が小声でそんなことを言ってきた。ついさきほどまでは俺を含め他の男子たちと普通に喋《しゃべ》っていたくせに……なんだその「やっと聞けるぜ」みたいな顔は。

「うるせぇぶっとばすぞ。というかなんで知ってんだ」

「いやだって二人で登校してきたし。あの子が来るには少し早い時間だったじゃん？」

「たまたまかもしれないだろ」

「最近の流れと今の智樹《ともき》の反応で確信した」

　そう言うと景一は「ふふん」と鼻を鳴らす。勝ち誇った顔が非常に鬱陶しい……。やはり杉野《すぎの》マスターを名乗れるのは景一しかいないのか。

　やましいことはないから、景一になら別に話してもいいのだけど、単純に聞き方がうざい。

「ってかさ、どう考えても両想《おも》いじゃん？　なんで付き合ってないの？」

「……こっちにも色々あるんだよ」

景一に小日向《こひなた》の過去を話せばわかってもらえるような気もするが、軽々しく人の家庭状況を話していいとは思わない。景一よりは親しいと思われる俺ですら、小日向本人から話してもらったことがないのだし、隠しているとまでは言わないけど、あまり大っぴらにしたいことでもないだろう。

俺の答えを聞いた景一は、観察するような目を俺に向けながら「ふーん」と声を漏らす。

「まぁ最近は荒療治気味だったし、智樹のペースでやればいいんじゃない？　なんで付き合ってないか聞いただけで、無理に付き合えって言ってるわけじゃないからさ」

「その割に俺たちをくっつけようとしてない？」

「だって見てて面白――面白いし」

「言い直せてねぇから！」

「ははは、まぁそれは半分冗談。やっぱり智樹の苦手を完全に克服するには、あの子の存在が必要不可欠だと俺は思うわけよ。まぁチャットで以前、『智樹とこれからも一緒にいてくれ』って言ったら断られたけど」

「おまっ、いつの間にそんなことを……っていうか断られたってマジで？　もしかして俺、あいつに嫌われてるの？」

　ここ最近の小日向からは想像できないんだが。ショックすぎる。

　どちらかというと嫌われているというより好かれていると勝手に思っていたが、それはもしかして、ただの勘違いだったり――？

「心配するなって。あの子が言うには『私は私の意思で杉野と仲良くしたい』んだとさ。だから俺の頼みを聞く気はないって」

「……ん？　え……ん？」

　なんだか、俺が言ったことのあるようなセリフだな。

　たしか小日向家の前で、静香《しずか》さんに「明日香《あすか》と仲良くしてくれると嬉《うれ》しい」みたいなことを言われた俺は、それを拒否した。そして「俺は俺の意思で明日香さんと仲良くしたい」みたいな言葉を返したはずだ。

　ちょ、ちょっと待てよ。

「……ちなみにそのやりとりっていつ頃の話だ？」

「いつだっけ？　ちょっとスマホ見てみる」

　そう言って、景一は胸ポケットからスマホを取りだすと、指ですいすいと画面をスクロール。そして「ボウリングに行った日だな」と回答をくれた。

ボウリングの日か……ということは、小日向のその発言は俺よりもあとってことだな。

まさかとは思うが、小日向はあの時、俺と静香さんの会話を聞いていたんじゃ――？

試験後の授業は、だいたい答案用紙の返却、そして正答率の悪かった問題の解説に充てられる。

中学の頃だと、この時間はとても騒がしくて教師の話を聞いている人なんて半分もいなかったのだが、高校生になったからなのか、それとも偏差値が高めの高校だからなのかはわからないが、比較的みな真面目に解説を聞いていた。小日向はちらちらと俺を振り返ってはふすふすしていたけども。

そして、月曜から金曜日の五日間で、ようやくすべてのテストが返却された。

静香さんは小日向が『そこそこの点数』をとれるようにと俺に依頼していたわけだが、その結果はというと――、

「えーっ⁉　じゃあ明日香全教科平均点超えたの⁉　なにそれチートじゃん！」

昼休み、中庭でそんな絶叫ともとれる叫び声を上げたのは冴島《さえじま》だ。

月曜日に三教科分のテストの点数を聞いていた時は、素直に「すごい！」と言っていた彼女だが、火曜日に「頑張ったんだね！」となり、水曜日には「あ、あれ？」となった。

そして木曜日になると「私明日香に負けそうなんだけど！」と絶望し始め、現在『チートだ！』となってしまっている。

「どこもズルくないだろ。小日向と智樹、ずっと頑張ってたんだし」

「う、うー。たしかにそうだけどさぁ。明日香授業全然聞いてないのに……」

きっと冴島は普段から真面目に授業を受けているのだろう。だからこそ、不真面目な小日向が自分と同程度の成績になったことがショックらしい。

「まぁまぁ、合計点では冴島が勝ってるんだし、そもそも授業中の態度はしっかり先生が評価してるだろ。そもそも、今回は特例だが、俺は何度も手助けするつもりはないぞ？これからはしっかり授業受けないと、知らないからな？」

「ははは、今回は智樹の助けあっての成績だもんなぁ」

そんな風に話す俺たちの傍《かたわ》らで、小日向はお弁当を片手に吹けない口笛をぷすーぷすーと鳴らしている。いままでは甘やかされていたのかもしれないが、俺は許さんぞ。

「たまにならいいけどさ、毎回授業中にサボってたら、試験中の勉強会は無しだからな。試験前だけ頑張るってのはダメだぞ？　平常点があるんだし」

「………………」

「もちろん、授業サボったらお泊まりも無しだぞ」

「…………」

「真面目に授業受けるんだぞ？」

「…………（コクリ）」

しぶしぶといった様子だけど、小日向はたしかに頷《うなず》いた。

あまり勉強しろと言いたくないけど、留年する姿はもっと見たくないからな。せっかく同級生になれたのだし、一緒に卒業したい。

下唇をしばらく突き出していた小日向だが、何か閃《ひらめ》いたらしく、瞼を大きく持ち上げる。

……何度か経験したからわかるんだ。こういう時、彼女が入力するスマホには、俺が困るであろう言葉が記されるのだと。

小日向がポチポチとスマホを操作するのを見て、俺は景一に「やばいかもしれん」と呟《つぶや》く。しかし景一にはなんのことかわかっていないようで、首を傾《かし》げられてしまった。

『閃いた』

まず、そんな短い文章を小日向は俺に見せつけてくる。そして、それを俺だけでなく、冴島や景一にも見せた。まるで証人を増やすかのように。

「……ちなみに何を閃いたんだ？」

『逆転の発想』

「というと？」

ここまでの文字を見せられても、俺や景一、冴島も小日向が何を言いたいのかわかっていなかった。彼女の発想、斜め上の時があるからなぁ。

『智樹はサボったらお泊まり無しって言った』

「うん……まぁ言ったな」

そう答える俺に続き、冴島と景一も「言ってたね」「言ったな」と呟く。

『授業ちゃんと受けたら、ずっとお泊まりできる』

……うそぉ。その逆転、有りなんですか？

いやたしかにサボったらお泊まり無しとは言ったが、サボらなかったらお泊まり確定ということにはならないんじゃ……。

そう思ったのだけど、目をキラキラさせ、自信満々にスマホを見せてくる小日向に俺は反論することができず――、

「……サボらなかったらな」

認めてしまった。自ら退路を塞いでしまった。

小日向に甘いと言われたら、その通りだと言うしかない。だってあんな嬉しそうな目で見つめられたら、断れるわけないですやん。ＫＣＣだったら即死レベルの眼力《めぢから》ですよ。

「智樹の負けだな」

「負けだねぇ……ま、誰も損しないし、良かったんじゃない？」

「だな」

がっくりと肩を落とす俺に、ニヤニヤ顔の景一と冴島が声を掛けてくる。

俺と小日向の間に勝ち負けがあるのなら、二人の言う通りなんだろうな。


「じゃあね小日向ちゃん、杉野もまた明日～」

「杉野くん小日向ちゃんをよろしくねーっ！　ちゃんと道路側を歩くんだよーっ！」

放課後。実行委員の会議に向かった景一を見送り、小日向とともに帰宅しようとしたところで、クラスの女子二人からそんな風に声を掛けられる。

一年の時や、このクラスになって間もない頃にはこんな風に声を掛けられることはなかったけれど、今はわりと普通に話しかけられるようになった。俺が避けていたからとか、小日向と一緒にいるからだとか色々理由はあると思うけど。

「はいよ、また明日な」

「…………（コクコク）」

女子二人から声を掛けられたというのに、背筋に嫌な感じはしない。

おそらく俺の身体《からだ》が、『女子は危険な人ばかりではない』ということを理解し始めているのだと思う。

そりゃこんなにも可愛《かわい》らしくて、俺の苦手を刺激しない子がずっと傍《そば》にいるのだから、理解もするだろうよ。

教室を出る前から小指を握られ、そのまま二人で校舎を出て、俺の家を目指す。

試験期間の時のように特別用事があるわけではない。強いて言えば「用事がないから集まった」といった感じだろうか。

試験後の月曜日から金曜日までの間、小日向はこうして毎日俺の家にやってきている。

そして映画を見たり、ゲームをしたり、だらだらと過ごしたり……さすがに泊まることはないし、暗くなる前には家に送り届けているけれど、共に過ごす時間が格段に増えているということは事実だ。

しかも景一や冴島を加えた四人ではなく、実行委員の二人がいないために『二人きり』という状況である。

これが続いたらまずいぞ……いよいよ小日向のことを好きになってしまう。

俺も最初は心の中でそんなことを思っていたのだけれど——最近はもうそういう細かいことはあまり考えなくなった。

「あー、小日向ついでにパックのジュース持ってきてくれる？　グレープのやつ」

「…………（コクコク）」

麦茶をつぎ足しに冷蔵庫へ向かった小日向に声を掛けると、彼女はこちらを振り返って頷く。それから冷蔵庫をパカリと開けた小日向は、ひんやりとした冷気を部屋中に巻きちらしながら停止——ある一点を凝視している様子。そしてテーブル前であぐらをかいている俺にチラチラと視線を向け始めた。

あー、なるほど。理解しました。

「プリンだろ？　食べてもいいぞ」

おそらくというか確実に、小日向は昨日の帰りに購入したプリンを見ていたのだろう。三個入りのパックを購入して、昨日は一つずつ食べたから、最後の一個だけ余っていたのだ。

小日向は俺の返事を聞いて、満面の笑み——になることはないが、ややウキウキした動きで食器棚からトレーを取りだし、その上にジュースやら麦茶やらプリンやらを載せる。

それを両手で持って、トテトテとこちらへと運んできた。テーブルの上に無事載せることに成功すると、やや自慢げにふすふす。ぐりぐりと俺の胸に頭突き。頭を撫《な》でてみるとさらに勢いが増した。

なんというか……あまりよろしくない慣れ方をしているような気がする。

これ、もう付き合ってない？　友達っていうか、もはや身内じゃない？　男友達や幼少期からの知り合いならば、こんな風に気軽に家の中を歩いていてもおかしくないかもしれないけど、知り合って二ヶ月も経《た》っていない男女がこうはならんだろ……。

「あー……一応確認するけど、なんで二本持ってきたの？」

トレーに並べられた二つのスプーンを見ながら俺が問いかけると、小日向は自分の鼻をツンツンとタッチ。それからその指を俺の鼻にタッチ――しようとしたけど止《や》めて、俺の膝をペチペチと叩《たた》く。

「一緒に食べようってこと？」

「…………（コクコク）」

「別に一人で食べてもいいんだぞ？」

「…………（ブンブン）」

「……はいはい、じゃあ一緒に食べような」

苦笑しながら俺が言うと、小日向は首を大きく縦に振る。自分の取り分が減るのに随分と嬉《うれ》しそうだ。まぁ気を許してくれているようで嬉しいのだけども。

そっと蓋を開け、スプーンを二つ手に取った小日向は、片方を俺に手渡してくる。

ふすふすと鼻を鳴らす彼女の顔を見ると、僅かではあるがたしかに頬《ほお》が持ち上がっていて、それに釣られて口角も上に。

パッと見でわからない人もいるかもしれないけれど――

俺からすると、それは『笑顔』と言って差し支えないものだった。

～とある無口な少女のメモ帳より～

○月×日
大金を失うところだった。あぶない。
いいひとありがと。

○月×日
いい人、同じクラスだった。嬉しい。
杉野智樹《すぎのともき》、覚えた。

○月×日
わたしのせいだ。ごめんなさい。

○月×日
杉野、優しい。エプロン着けた杉野、かっこいい。

○月×日
俺は俺の意思で、明日香《あすか》さんと仲良くしたいんですって言った。
俺は俺の意思で、明日香さんと仲良くしたいんですって言った。
俺は俺の意思で、明日香さんと仲良くしたいんですって言った。
大事な事なので、三回書いた。あと、杉野は子作り上手。

○月×日
杉野から猫さん貰《もら》った。
二つあったからおそろい。可愛い。

○月×日
いつの間にか寝ちゃって、杉野に膝枕してもらってた。
安心する匂いの杉野が悪い。

○月×日

久しぶりに泣いた。
でもグリグリ嫌がらなかったし、嬉しい。
てるてるぼうずたくさん作った。天気予報は晴れだった。

○月×日
エメラルドパーク楽しみ。
杉野と同じ服見つけた。猫さんと一緒でおそろいにする。
あと小指握った。あったかい。

○月×日
鳥さんのクチバシおっきかった。
杉野に肩車してもらった。
やっぱり、パパみたいで好き。

○月×日
勉強やだ。頭わーってなる。

なんで勉強しなくちゃいけないんだろ。

○月×日
杉野の昔の写真、可愛《かわい》い。
こっそり写真撮った。たぶんバレてない。

○月×日
勉強嫌い。でも、杉野に名前書いてもらった。
ハサミで切って保管する。

○月×日
杉野、女の子の名前覚えてないって言ってたのに。
特別な人なのかな。わかんない。

○月×日
勉強頑張ったらお泊まり勉強頑張ったらお泊まり勉強頑張ったらお泊まり勉強頑張った

らお泊まり勉強頑張ったらお泊まり勉強頑張ったらお泊まり勉強頑張ったらお泊まり。

○月×日
テスト頑張った。
だから智樹が家に来る。心がぽかぽかする。

○月×日
今日は智樹の家にお泊まり。
ベッドおっきい。夜中にトイレに起きたら智樹すやすやしてた。写真撮った。
そろそろ智樹フォルダ作る。

○月×日
最近智樹の家に慣れてきて、なんだか新婚さんみたい。幸せ。
智樹に好きになってもらえるように、もっと頑張ろ。

あとがき

どうもご無沙汰しております。心音《ここね》ゆるりです。

このページを開いたあなたは、すでに表紙にてノックアウトされたあとでしょうから解説は不要かと思いますが、今回も小日向《こひなた》ちゃんのイラスト、クッソ可愛《かわい》いです！　相変わらずの天使です、はい。

二巻では、小日向さんの新たな一面を見ることができます。そして、一巻を見て「いちゃいちゃしやがって」「早く付き合っちゃえよ」と思ったそこのあなた！　二巻はさらに甘いぜ……。存分にニヤニヤしてくださいませ。

もっと語りたいところですが残り行数少ないのでさっそく謝辞を。

尊死不可避の可愛いイラストを描いてくれたさとうぽて先生、原稿を提出するたびに最高の反応をくれる編集氏、他にもこの作品に関わってくださったみなさま、本当にありがとうございます。

読者のみなさまがこの物語を読み終えた時に、ほんの少しでも穏やかな気持ちになっていれば、作者冥利につきるというものです。

読者アンケート実施中!!

**ご回答いただいた方の中から抽選で毎月10名様に
「図書カードNEXTネットギフト1000円分」をプレゼント!!**

URLもしくは二次元コードへアクセスし
パスワードを入力してご回答ください。

https://kdq.jp/sneaker

[**パスワード：kffh3**]

●注意事項

※当選者の発表は賞品の発送をもって代えさせていただきます。
※アンケートにご回答いただける期間は、対象商品の初版（第1刷）発行日より1年間です。
※アンケートプレゼントは、都合により予告なく中止または内容が変更されることがあります。
※一部対応していない機種があります。
※本アンケートに関連して発生する通信費はお客様のご負担になります。

スニーカー文庫の最新情報はコチラ!

新刊 / コミカライズ / アニメ化 / キャンペーン

公式Twitter

[@kadokawa sneaker]

公式LINE

[@kadokawa sneaker]

友達登録で
特製LINEスタンプ風
画像をプレゼント!

無口《むくち》な小日向《こひなた》さんは、なぜか俺《おれ》の胸《むね》に頭突《ずつ》きする2

著　心音《ここね》ゆるり

角川スニーカー文庫　23675

2023年6月1日　初版発行

発行者　山下直久

発　行　株式会社KADOKAWA
〒102-8177 東京都千代田区富士見2-13-3
電話　0570-002-301（ナビダイヤル）

印刷所　株式会社暁印刷
製本所　本間製本株式会社

◇◇◇

●お問い合わせ
https://www.kadokawa.co.jp/（「お問い合わせ」へお進みください）
※内容によっては、お答えできない場合があります。
※サポートは日本国内のみとさせていただきます。
※Japanese text only

Printed in Japan　ISBN 978-4-04-113727-7　C0193

★ご意見、ご感想をお送りください★
〒102-8177 東京都千代田区富士見 2-13-3
株式会社KADOKAWA　角川スニーカー文庫編集部気付
「心音ゆるり」先生
「さとうぽて」先生

[スニーカー文庫公式サイト] ザ・スニーカーWEB　https://sneakerbunko.jp/

角川文庫発刊に際して

角川源義

第二次世界大戦の敗北は、軍事力の敗北であった以上に、私たちの若い文化力の敗退であった。私たちの文化が戦争に対して如何に無力であり、単なるあだ花に過ぎなかったかを、私たちは身を以て体験し痛感した。西洋近代文化の摂取にとって、明治以後八十年の歳月は決して短かすぎたとは言えない。にもかかわらず、近代文化の伝統を確立し、自由な批判と柔軟な良識に富む文化層として自らを形成することに私たちは失敗して来た。そしてこれは、各層への文化の普及滲透を任務とする出版人の責任でもあった。

一九四五年以来、私たちは再び振出しに戻り、第一歩から踏み出すことを余儀なくされた。これは大きな不幸ではあるが、反面、これまでの混沌・未熟・歪曲の中にあった我が国の文化に秩序と確たる基礎を齎らすためには絶好の機会でもある。角川書店は、このような祖国の文化的危機にあたり、微力をも顧みず再建の礎石たるべき抱負と決意とをもって出発したが、ここに創立以来の念願を果すべく角川文庫を発刊する。これまで刊行されたあらゆる全集叢書文庫類の長所と短所とを検討し、古今東西の不朽の典籍を、良心的編集のもとに、廉価に、そして書架にふさわしい美本として、多くのひとびとに提供しようとする。しかし私たちは徒らに百科全書的な知識のジレッタントを作ることを目的とせず、あくまで祖国の文化に秩序と再建への道を示し、この文庫を角川書店の栄ある事業として、今後永久に継続発展せしめ、学芸と教養との殿堂として大成せんことを期したい。多くの読書子の愛情ある忠言と支持とによって、この希望と抱負とを完遂せしめられんことを願う。

一九四九年五月三日